EXLIBR

『一会儿到你那里去？』

『我在书房等你。』

黄岳年 • 主编

我在书房等你

中国·苏州

古吴轩出版社

编委会

主编

黄岳年

执行主编

朱晓剑

序 言

最向往的是到各地漫游书店、书房，书店可以随意浏览，但书房是爱书人的私密场所，哪里能轻易示人。这就知道是一种梦想了。

去年，确定第十四届全国民间读书年会在甘肃张掖召开，按照最近几年的"惯例"，会议都会考虑出一本书，这也是有意思的事，不只是由参会的代表来叙述爱书故事，也可以扩大范围，写一写更多的有意思的事。那天，我们跟藏书票艺术家崔文川商量着做藏书票的事，聊着聊着，就说，可以做一本关于书房的书嘛。

还真是好想法，这几年有董宁文主编的《我的书房》、薛原主编的《如此书房》，一道道书房风景，看着就眼馋得不行，真是让人羡慕嫉妒恨，若来一次书房旅行，也是好玩的事。可是限于条件，只能在纸上欣赏爱书人的书房风景了。

就这么着，定下了要弄一本书出来。然后，就是约稿。几个月下来，就有了这本书的规模。在我们最初的设想里，这不只是一本关于书房的书，也是关于书房记录的书，因之在内容上并没有做太多的限制，只要与书房相关即可。这样一来，书房也是洋洋大观，足堪玩味。

由书房引出来的话题，既有文人雅趣的一面，也有书房辛酸史，这都是书房带给爱书人的真实感受。

曾经，我们在文川书坊里聊天，说起今天买书不难，但住房不易，有书房也就更为不易了。不少人奋斗了一辈子，才有个真正意义上的书房。这不能不说是书带给人的有些尴尬的温馨了吧。当我们在书房里逛世界，那种享受比做个美好的梦还要完美吧。

这么着，《我在书房等你》，其实更像是一个文朋诗友聚会的场所，在这里分享阅读体验、交流新旧书资讯，都在还原一个爱书人的最日常的生活。

"一会儿到你那里去？"

"我在书房等你。"

这就构成了书房里的约会。有约不来过夜半，闲敲棋子落灯花。闲翻书页呢？是不是更有趣味些？我想，这样一幅幅图景，也该是爱书人的最爱：用阅读抵抗荒诞，也可以用阅读分享生活，这就够了，书房并不仅仅是盛书的容器，而是充满了更多的温暖的故事。

朱晓剑

二〇一六年四月二日

目 录

序 言

【辑一】 名家书房

我的书房

陈子善

我终于有了自己的书房。

作为一个读书人,作为一个几乎毕生与文字打交道的教书匠,希望拥有一间书房,哪怕只是斗室、陋室,应该是可以理解的,并不属于过分的奢求。因为书房是他与中外先哲今贤心神交会之处,是他的独立思想得以萌生的策源地,也是他的自由精神得以休憩的理想场所,所谓"坐拥书城,何假南面称王"是也。

但是理想与现实总有距离,而且在相当长的一段时间里,这距离还非常之大。从上个世纪七十年代末我开始在大学讲台上讨生活,直到去年,我一直没有一间独立的、像样的书房,个中原委,一言难尽。越来越多的新旧藏书不得不挪来搬去,长期一分为三:一在我自己的卧室兼书房的住所,二在我父母家,三在我工作过的华东师大图书馆(先在办公室里,后移到堆放杂物的小仓库里)。在外人看来,我这是自作自受,何必收藏那么多书呢，简直成了书灾，而在我自己却是"书到用时方恨少"！

　　而今我终于有了自己的书房，可以较为安心地与我喜爱的新文学初版本、毛边本、签名本等为伴了，也可以不受干扰地潜心研读我感兴趣的中外典籍了。书房里又陈列着我研究过的周作人、郁达夫、台静农，还有我与之有过交往的沈从文、冰心、唐弢等文坛前辈的大小字幅。陈从周、黄永玉两位的画幅，与我书柜里所宝藏的他们的著作互相辉映。晨夕相对，更感亲切和温暖。

　　书房又不可以没有名称。古人为自己书斋所起的室名不是富于诗意就是讲究出典。我搜索枯肠，草拟了几个，都不合适，最后干脆起名"梅川书舍"，这是大白话。我的新居就坐落在上海的梅川路上。又恳请董桥先生题写了室名，显得有点古色古香了。

　　记不清是否是知堂老人的话，书房是不能随便让人参观的，否则从你读那些书就可推断你有多少学问。我却不然。我的书房是兼作客厅的，无隐秘可言。"谈笑有鸿儒"，能够和识与不识的文朋书友在书房里浓茶一杯，海阔天空，谈严肃的，也谈有趣的，正是我的期待。一位同事到过我的书房后对我说："你的兴趣爱好，你的专业训练，你的学术背景，在这间书房里一目了然。"我想，这是好事。

　　愿普天下的爱书人都能拥有自己的书房。

不才从小有书房

韩石山

看到许多学者感慨没有书房，或是书房兼了客厅，不由得生出些许羞愧与欣慰：不才何其幸也，从少年时起，几乎老有一间自己的书房。

记得是上高中的时候，也就是十五六岁吧，便将自己买的书，还有从家里翻出的书，放在后院的东房里，布置成书房的模样。书房就该有书柜，那时就知道这个。怎么办呢？找来两三个不大的旧式箱子，去掉盖子躺倒摞起来，权当是书柜了。这样因陋就简，原以为是可羞愧的事，后来见到许多大人物的书房里，有楠木箱子装的"二十四史"，方知当年自己无师自通的这个办法，原来竟是最贵相的一种处置。只可惜我的箱子不是楠木的，装的也不是"二十四史"。

我的书，有新有旧，档次并不低。那些旧书，大概是爷爷上学时买的，经过"斗争"，剩下的没多少了。蓝灰色的封底上有个笨拙的三角形的图案，后来才知道那是商务版图书的标志。新书全是我买的。那时我在外地上学，家境富裕，家里每月给我的生活费差不多可供两个人上学之用，剩下的钱几乎全买了书。《三国演义》《水浒传》不用说了，最可笑的是，还买过一本《墨子研究论文集》。一到了假期，劳作之余，便在这个书房里看书，偶尔也写上一篇小说或是散文，寄给省城的刊物。厨房在前院南房，与后院厢房之间，隔着一个院子、一个大客厅，到了吃饭时，母亲总要拉长声调，高高地喊几声，我才能听见。有时喊不应，就跑过来催促。只要我是在看书，她是从不责怪的。

可惜那几年攒的那些书，在我上大学的第二年冬天，"破四旧"正乱的时候，全让弟弟给卖到废品站了。弟弟说，他是奉了爷爷之命。

大学毕业后，独身一人在吕梁山里教书，今年在这个村，明年说不定又去了那个村，不管到了哪儿教书，总有一个书箱陪着，开学了取出来摆在书柜里，放假了收拾起来存在学校的库房里，或是放在学生家里。"文革"结束后，到县城教书，没几年便聚集起近千册书。按说在一个小县城里，买不下多少正经书，庆幸的是，一九八〇年春夏间，我在北京的中国作协文学讲习所学习了半年，其时各出版社都大量出旧版图书，见了好书，只要不是太贵的，眼都不眨一下就买了。秋天，在山西省汾西县城关公社以副主任的名分深入生活，公社给我分配了一间大房子，一家人住宿，还有一间小房子，便成了我的书房。房子不太好，逢雨就漏，淅淅沥沥不断头。于是便取《九歌》中"荒忽兮远望，观流水兮潺湲"之意，给书房起名叫"潺湲室"。原是开玩笑，后来觉得也还不俗，一直用到现在。

一九八四年调到太原后，不管住处宽敞不宽敞，我一直有间单独的书房，且绝不放床。在这个家里，我实行的是专制主义，老婆孩子可以挤，我是不能挤的。他们也知道，爸爸的书房，不是什么享乐之所，乃是他们衣食的出产之地。我的买书，几乎成了癖好，像瘾君子吸毒一样，开销越来越大。妻子有时小声嘀咕一句："不能少买点吗？"我总是眼一瞪，恶狠狠地说："这就够少的了！"只有买重了的时候，妻子轻轻地说"这本不是买过了吗"，这才无话可说。

不必说我有多少书了。到了一定程度上，数目说明不了什么，得看是些什么书。我写《徐志摩传》《寻访林徽因》这些书，还有平日写的那些考据性的文章，所用的几乎全部是我自己的藏书。

我当专业作家将近二十年了，平日没事，就在书房里，要么看书，要么写作。看书在书桌前，写作，有了电脑之后，就在电脑前了。一台四通液晶显示机子，一九九二年头下，用了将近十年，那么结实的塑料机体，手掌挨着的地方，竟磨下去两道明显的凹痕。书桌上，双肘常挨着的地方，也是两个凹痕。前年搬家，有个油漆工说他手艺高，一时听信了他的鬼话，把桌子贴了面重油了一遍，将那两处凹痕填起来了。弄得好长一段时间，坐在桌前竟找不到原先那种感觉了。

不管现在的书房多好，一说起书房，还是不由得想到少年时的那个。这个房间，十多年后，成了两个弟弟的书房。"四害"翦除，大学开禁，两人在那个房间里复习，同一年考上了大学。三弟没上过高中，是在农村劳动八年之后考上的。三弟的一个朋友，头一年没考上，第二年临考前还特意来这儿住了几天，说是要沾沾这儿的灵气。再后来，这房子拆了，每到了孙子们要考大学的时候，母亲常会惋惜地说，要是那个房间还在，在那里面复习准能考上。现在连母亲也去世了，再也听不到她老人家在前院拉长声调喊我吃饭的声音了。

旧院子拆了，母亲去世了，弟兄们四散各地，对我们这个大家庭来说，一个时代永远地结束了。

杂树生花

罗文华

我一向喜欢"杂树生花"这个成语。

但"杂树生花",是本应写作"杂花生树"的。它描写的是江南的春景:"暮春三月,江南草长。杂花生树,群莺乱飞。"语出《与陈伯之书》,南朝丘迟写的,千古传诵。至于在什么时代、由什么人、依据什么理由,把"杂花生树"改成了"杂树生花",我觉得其实那并不重要。"杂树生花",很多人都习惯于这样用,因为大家都是这样理解的——各种各样的灌木中夹杂生长着各种各样的花,挺通,挺好。

我喜欢"杂树生花"这个成语,因为我总是借用这个美丽的景语来掩饰书房的凌乱。

当年我蜗居斗室的时候,不要说没有一间自己的书房,屋里就连一张专用的书桌都摆不下。那时高为、刘运峰、倪斯霆诸兄是寒斋的常客,大家一边围坐桌边品茗赏书,一边叹息于文人读书藏书空间之局促逼仄，盼望着我未来能有一个宽敞的书房，至少能把所有的藏书打开，以方便取阅。十三年前我买了现在住的房子，比原来的斗室大了四五倍，专门设置了三间书房，占了整整一层楼；书柜打了十几个，每个柜子里面分七格，每格放两排书。本以为众书能够各归其位，大功告成，从此可以轻松地坐拥书城了，但时过不久，太太便连呼上当，说房子还是买小了——原来存的书尚未安排妥帖，新书又以每年上千册的速度涌入，书柜超饱和，柜顶和地板上堆满了"无家可归"的书，屋里成了书库，满坑满谷，自然显得狭小而凌乱。我最对不起的就是高为、刘运峰、倪斯霆诸兄，十三年来我没有请他们中的任何一位来家里坐坐，只因我觉得我的书房实在凌乱得难入他们的法眼。有时回忆起来，往昔大家围坐桌边品茗赏书的情景，恍如流年梦影。不光是他们，十三年来我从未主动邀请任何一位朋友光临寒舍。二〇〇五年春夏之交，苏州王稼句，南京薛冰、徐雁、董宁文，北京止庵等著名藏书家来津参观全国书市，同时也想看看我的藏书。作为地主，我陪这些难得一聚的好友走走逛逛，也理应邀请他们到家里喝茶观书，但考虑到书房一时难以整理好，在这样的环境里待客反而显得不礼貌，便以孩子中考在家复习为名，与他们在茶楼、饭馆里大侃一通，就蒙混过去了。这样的行为，如果须找理论依据，有梁实秋在《雅舍小品》里说过的话：

"书房的用途是庋藏图书并可读书写作于其间，不是用以公开展览藉以骄人的。"

除了怕家里来人，还怕别人让我找书。依我所见，画家的画室大多凌乱，而文人的书房则大多整洁。我曾经参观过苏州王稼句先生和天津章用秀先生的书房，其硬件与我差不多，也是三四间书房、几万册书，可是他们的书房就非常整齐规范，找书极为便捷。不像我家，一套《莎士比亚全集》，竟"分居"在好几个书柜里。尤其是近几年，太太不忍看那些"无家可归"的书长期堆在地上蒙尘，就寻来几十个纸箱，硬给它们"安家落户"。这样一来，等于给它们判了"无期徒刑"，找起来就更麻烦了。有时为找一本书，轻则夜以继日翻箱倒柜，重则夫妻反目大吵一场。此外，由于书房缺乏管理，既不梳整，又无书账，心里没数，重复买书现象时有发生。太太曾多次捉出两本一模一样的书，就像福尔摩斯侦破了疑难命案一般得意，高门大嗓通报全家，然后将这两本书在书房最显眼的地方摆上十天半月，以此公示我的糊涂与健忘。有的朋友懒得去图书馆，动辄让我查书，随口找我借书，实是不知我之苦衷。

二〇一〇年，我被评为"天津市十大藏书家"。评委会主任罗澍伟先生对我的评语是："十大藏书家当中，你的藏书量是最大的，但就是书放得有点儿乱。"

书房的凌乱，固然由于书多，但似乎也可归咎于书杂。与其说是凌乱，倒不如说是杂乱。杂乱之"杂"，实与我的经历和爱好有关。

我幼年好学，但适逢动乱岁月，斯文扫地，教育低迷，只好抓到什么书就看什么书，邻居、亲戚、朋友中谁有学问就跟谁学，在读书学习上吃的是"百家饭"、"杂粮"。"文革"后期，一九七二年《地理知识》《文物》杂志复刊，一九七三年《化石》杂志创刊，当时我只有七八岁，还未上小学，就成为它们的第一批读者。童年闲览之杂，由此可见一斑。从小学到大学，有幸屡遇名师，皆为渊博之士，所学课外知识远远多于课内。北大之"大"，可作"博杂"解，上世纪八十年代中期我负笈未名湖畔、博雅塔下，自是如鱼得水，如鸟投林。对王力、朱光潜、冯友兰、季羡林等先生，我或聆听讲座，或课余讨教，久而久之，便深切体会到：大师之"大"，依然重在"博杂"二字。他们"博杂"的一面，对我影响最大。

在报社工作了二十四年，干的其实也是"杂活儿"。这二十四年中，我当过五年记者、四年夜班新闻版编辑、十五年副刊编辑，先后编过九个版面，都是既编又写，连踢带打，真是京评梆越昆，生旦净末丑，唱念做打舞，手眼身法步，样样都要会两手，想不杂也不行。茅盾和秦牧好像都说过，写文章要"多几副笔墨"。这"多几副笔墨"用在办报上，同样是大有好处的。

经历如此，爱好也如此。我不仅喜欢收存各种版本的书籍，而且喜欢搜集一些实物，像各种釉彩的陶瓷，各种木质的家具，各种材料的玉石，等等。这些东西不一定都有多么高的经济价值，但我能够通过它们体会历史的源远流长、文化的丰富多彩，并在对它们的欣赏和把玩中得到愉悦和休憩。这些书本以外的瓶瓶罐罐、盆盆碗碗，分布在书柜的里里外外，书房之乱就是名副其实的"杂乱"了。

有不少朋友问我："你不过四十多岁，怎么就出了这么多书？今后你还能写些什么？"倘若他们看了我的书房，自能找到答案。我总觉得，书生不是商贩，不能现趸现卖、捉襟见肘。要写，必须先读；但读了，未必就写。例如中医药书和佛教书我各存有上千册，但我至今几乎还没发表过一篇关于中医药或佛教的文章。我在不断地发表、出版，同时我还在不断地积累、充实，今后写作的题材会是无穷无尽的。

"杂树生花"的书房，虽然杂乱，但它能促使我们在读书、写作的时候，增加一些逆向思维、多向思维、边缘思维和立体思维，对人、对事、对别人的作品，多一些宽容和体谅。唯有这样的书房，才能成为如上海藏书家陈子善先生所说的"独立思想得以萌生的策源地"、"自由精神得以休憩的理想场所"。

写至此，又想起丘迟《与陈伯之书》中的那句景语。我在书房外的露台上栽植了很多花木，榕树盆景、茉莉、仙人掌、牵牛花、葫芦、丝瓜、豆角，一片乱绿。清晨，喜鹊、麻雀、蝴蝶和蜻蜓们，上下其间，欢叫飞舞。这不正是"杂花生树，群莺乱飞"吗？

我就在这杂乱的书房里，感受着缤纷的世界。

我的近楼

彭国梁

所谓近楼，便是我现在朝夕与共、同喜同忧的书楼。近楼所在之地三面环水，即在浏阳河、捞刀河与湘江的怀抱之中，故取"近水楼台"之意。近楼一共四层，每层近百平方米，层层皆有书房。

四楼以放我收藏的杂志创刊号和我认为值得保留的各类期刊为主。

三楼，有书房两间。我曾在《偷懒的地方》一文中写道："两间，自然就有两扇窗，通明透亮的窗。有窗子的这一面不放书，而放新鲜的空气与阳光。推开窗，便是花园，便是小区内平平常常的日子。其余的六面墙呢，都是顶天立地敞开式的书架。两个书房，却有三张门。其中一张高大的双合门面向客厅，门一关，就是书的天下了。另外两张门若有若无。有，是有两个门框；无，则是没有门。两个书房，有分有合。""两个书房之间，有一个小小的过道，过道的墙上有一幅漫画：一个人躺在沙发上，伸着臭脚丫子，手里拿着一本书，上面还有一行字'读书经常是偷懒的一种借口'。"现在这幅画已被换掉了，换成了武汉作家兼画家周翼南先生的《茶醉猫图》。有人开玩笑说，这只猫怎么看都有点像近楼的主人，一只懒猫。

一楼颇为奢侈，整个一层便是一间大书房，且层高近四米，有旋梯，连阁楼。靠窗处设茶座，在根雕大茶几的旁边，有一壁炉式的茶柜，中嵌成都流沙河先生的一幅墨宝《上茶》，其文曰："茶而曰上，表尊敬也；醒脑提神，助谈兴也；清香浮动，室生春也；岂惟解渴，更洗心也。"七八年前的一个夏初，曾出版过《沈从文和他的湘西》《黄永玉和他的湘西》的摄影家卓雅来家中做客，楼上楼下看了一遍书房后，便给画家黄铁山先生发了一条短信："我正坐在中国最美的书房中。"这无疑是带点夸张的。紧接着，卓雅又提出要为我的书楼拍照。于是，在两天后一个晴朗的周末，卓雅全副武装地来到了近楼。整整一天，卓雅拍摄了四百余帧照片。

回过头来，再说说二楼的图文书房。

我原来是没有画过画的，二〇〇七年三月的某一天，我忽然鬼使神差地涂鸦起来，至今已有八年的历史了。去年办了两场个展，今年又出了画册。几乎没人相信，二〇〇七年之前，我的绘画语言为零。有人谬奖我无师自通，其实，我是有老师的，老师便是我二楼的图文书房。

在我的图文书房中，有几套书是很值得一提的。比如《中国大百科全书》，社科类的都基本上配齐了。特别是全国图书馆文献微缩复制中心出品的《西谛藏书珍本小说插图》，十六开，十大册，标价五千多元，印数一百套。这恐怕是我的藏书中印数最少的一种了。又如山东美术出版社出版的《中国古画谱集成》，十六开，二十二大册，标价也是五千多元，印数三百套。这在"画谱"类的书中，也是很难得的一套书。此外，像《点石斋画报》《图画日报》《四库全书图鉴》《世界名画家全集》《世界雕塑全集》《中国雕塑史图录》等，我都有成套的。其他资料性很强的图文书还有很多，在此从略。

我曾在《忽然涂鸦》一文中写道："我之所以会买这么多图文类的书，首先，当然是喜欢。其次，那就是与我的编书和写书相关了。我和杨里昂先生合作主编了一套《跟鲁迅评图品画》，中外两卷。之后，又主编了一套《名作家的画》，也是中外两卷。这类的图书选题，没有大量的图文资料支撑，那是难以想象的。同时，我们还合作主编了一套'中国传统节日系列'，包括春节、元宵、清明、端午、七夕、中元、中秋、重阳，共八册，所用插图一千多幅。这些插图，都出自我二楼的图文书房。此外，我还出版了一本对世界名画评头品足、信口开河的书《跟大师开个玩笑》，六十多位世界级的绘画大师，两百多幅世界名画，其资料的来源，依然出自我的图文书房。"

至今，我已出版了《长沙沙水水无沙》《民国名人在长沙》《近楼书更香》《前言后语》《书虫日记》（一至四集）等各类著作三十多部，主编《跟鲁迅评图品画》和"中国传统节日系列"等图书一百余种。试想，如果没有近楼作为我的坚强后盾，那无论如何也是难以做到的吧。

我的书房

王稼句

有人说,书房是渔人的港湾、漂泊者的家园,固然是很好的比喻。但渔人在水上作业,港湾是他们晚归的村落;漂泊者在远山长水间颠沛流离,家园乃是他们日夜的念想。对我来说,书房的意思有点不同,它是我日日周旋的小小隙地,当然也未必一直在那里做什么,正像一位老农,有时也背着手在田头徘徊,或蹲在田埂上抽一袋烟。

我童年时就喜欢书,随大人上街,总闹着要买书。那时买的书,都是些薄薄的彩绘小册,像《草原英雄小姐妹》《动脑筋爷爷》,还有就是上海出版的《小朋友》,一本本整齐地叠放在床边的小柜里。有一天,突然感到自己长大了,就将这些书悉数送给表弟。"文革"发动,无书可买,也无书可读,对于书的渴求和热望,在时代洪流里冲得越来越淡了。当"评法批儒"开始,"法家"著作纷纷印出,我买了《柳河东集》《稼轩长短句》《初潭集》等好一些，算是比较认真读过。及至"文革"结束，重印外国文学名著，我也买了不少。就从那时开始，我算有了一间小书房，当然是兼供起卧，东窗下放一张小桌，旁边是两只仿湘妃竹的书架。就在这间小屋里，我读了一些书，抄了一些书，写过一些文章。大学毕业后，既有工资收入，又有卖文的馀钱，书也就迅速膨胀，当从书院巷老屋搬入金狮巷新楼时，就做了两个大书橱。书房算是有了，却并没有什么名字，总觉得给书房起名字的事，有点酸溜溜的味道。当编定《补读集》，请顾廷龙先生题写书名，他写了，朋友怂恿，他又写了一条横额"补读旧书楼"，从那时起，算是有了个斋名。如此者许多年，书越聚越多，就只好搬到岳家去住，给我占据的，就有南面一大间，东面一小间，再加上卧室的两壁，书放得满满当当，但还有不少留在金狮巷的补读旧书楼里。南面那间的窗外，有株三百多年的栎树，浓阴覆盖，临窗的书桌上都是暗暗的。某年，那株栎树不再抽芽，枯枝也在秋风里折落，正好徐雁君约我编本集子，要求在书名里嵌个斋名，我就想到"栎下居"三字，自己正是在它的庇荫下，度过了许多年平常而又充实的日夜，那本书也就是《栎下居书话》，后来又请钱君匋先生写了一方匾额。那间屋子不算小，因为书多而显得狭隘，两三朋友来谈，就围坐一只小茶几，一不小心，茶水或烟灰就洒落在几上的电话传真机上。如此者又许多年，我的一些书，就在那里完成的。

书房的成长，也就是读书人的成长。及至前年，贷款买房，那是建在城垣遗址上的公寓，南面是大运河，北面是内城河，两水夹峙，形势高敞。我辟一层作书房，将补读旧书楼的书全数搬来，将栎下居的书大部分搬来，搬家公司的卡车先后运了四车，运一车来，整理上架一星期，再运一车来，这样一个月下来，就大致部署好了。我不能忘记，搬家公司的一位外地民工对我说，他也喜欢书，家里也有一些书，但为了生活，不得不离开家乡，不得不离开那些书。我听了很感动，对他来说，家园和书就是那样紧密地联系着。

我比那位民工幸运多了，家园就是我的书房，我在那里起居坐卧，真可以说很是满足了。官场商界的人一般不敢夸耀自己的豪宅，但读书人的书房则不同，因为既不怕梁上君子光顾，更不怕纪委监察者注意，是可以多说几句的。

如今，我的书房有四间，确实颇为宽绰了。上楼来，中间一大间，朝南是一排落地长窗，移开长窗，便是阳台，可以望见河水的粼粼波影，对岸葱郁的树木，还有远处的楼群和淡淡的山峦。这间的东西两壁，是顶天立地的玻璃书橱，居中则放一张长桌，有几个朋友来坐，仿佛开会，虽不能得寒夜炉火的温馨，却也颇有舒畅之感，吴语称为"摊得开"。走入西面，南北两间。南面一间，三壁是书橱，南窗下则是一只大书桌，我在上面编书、校书、抄书、写信，或濡墨写点什么，桌上杂物乱放，书报、稿纸、茶杯、烟缸、笔筒、砚台、台灯，真是零乱得很，这是多年养成的恶习，似乎干净了，便小心翼翼起来，浑身不自在。北面一间，则放两台电脑，一台专写作，一台则扫描、刻盘、上网，等等。电脑用了十年，只会打字，至今还是WPS，想改而求新，总感到老方法稳妥方便。东壁也是顶天立地的书架，开放式的，都是经常要用的书，西壁一排半截书架，放的都是工具书，它们是木匠的斧头强盗的枪，少不得的。东面还有一间，则是既放书又作休憩的地方，放着六只书橱，一台电视机，一只折叠沙发，沙发很宽，既可盘腿而坐，也可斜倚，甚至躺下。读写得累了，便在那里看看DVD，我的趣味并不高雅，只是喜欢欧美的战争片、间谍片、警匪片，一张片子看到最后，前面的内容就已忘记了，故买的片子常常重复。书房的壁间，也挂些字画，几个斋名并存，除顾廷龙先生的"补读旧书楼"外，张仃先生新写了"栎下居"，林锴先生新写了"梦栎斋"，请王世襄先生写的"听橹小筑"，却还不见寄来，正虚壁以待。在我想来，斋名实在无关紧要，随便拈一个都无所谓，倒是胡适先生的一件"拜年货"，使寒舍蓬荜生辉，上面写着"有一分证据，说一分话"，时常给我必要的提醒。

有人来坐，常常这样问，这些书你都看过吗？我只能笑笑，或随便搪塞一下，这固然是个"戆大"问题，一般读书人是不会这样问的，然而这个问题却一直让我困惑，这些书你真的都看过吗？怎样才不辜负这书中含有的盛意呢？

写到这里，天色暗起来，越来越黑，就像是夜幕笼罩，风呼啸着，卷着树叶，在空中飞舞，接着大雨倾盆而下，斜打在窗上，啪啪作响，这是今年入夏以来第一场大暴雨。我扭开桌上的台灯，听着风雨声，感到很安逸，让我想起童年时，狂风暴雨，闪电鸣雷，埋头依偎在母亲的怀里，这种感觉真好。

我的书房

潘小松

除了厨房和卫生间，我就再也分不清家里哪儿该叫书房，哪儿该叫卧室或者客厅了。因为，我居住的这个百来平方米的空间到处是书。

一进门是大家称"小厅"的地方，有五平方米，一个书柜加三个书架。右手书架底下几格权作鞋柜。架子上随便放着的是百年英文老书《霍桑作品集》和跟我爸年龄相仿的《韵典》。对着大门的是一个近一人高的玻璃门书柜，我家唯一的古董西式书柜，里面放满了旧外文书，色彩斑驳，古色古香，书虫看了会流口水。

门厅右侧是一个三平方米的小储藏室。本来这是堆放衣物的，现在一半空间堆放了书，并且两个衣阁之间还塞进一个两米高的书架。眼下，连书架顶上都堆满了书。假如你打开左右两侧带门的格子，你会发现里面躺着生了绿锈的铜制斯大林塑像，你还会发现没了封面、纸张泛黄的旧书。这是我的"残本"室兼书籍"标本"室。很多精美的自制藏书票诞生在这个小小的空间。这是我书房的"老虎尾巴"。

我有一个四十平方米的客厅,这客厅让四扇门肢解了。剩下的墙面就是我的书架书柜们的天下。北墙是完整的一堵墙,让三个书柜、七个书架占领着。这堵墙上过多家报刊。百度图片里搜"潘小松书房",你就能看见这堵墙的书的气势。南墙除了一个冰箱和一个五斗柜,就是半堵墙的"宋元明清"书柜,这是某家的先人书房里放二十四史的专用书柜。那家的后人好赌,输了钱要还账,就把这书柜卖了。这是近二十年前的事情了,我买它花了九百元。西墙是一个西式写字台,俗称"钢琴桌"。由于不怎么写字,这张桌子面上实际也堆满了书,主要是各种大型画册,很昂贵的新书。书桌边上是我放百年《韦伯斯特大词典》专用的无门柜子,横放着八本抽屉大小的老字典。字典有皮面的,有布面的,万金不换,我爱死它们了。

我的两间卧室一大一小。里间有二十平方米,一半是卧榻,一半是书的海洋。除了一个两门衣柜,其余全是书柜书架。我把两个胡适式横门掀盖玻璃书柜放在北半屋。这"北半球"西侧本来设计的是一排衣橱,眼下是书库。只是我经常赖在这里的单人沙发上看书,把书库弄得比较像私人小书房而已。每天要把玩的书房小清供都在这里。这里除了藏书章和印泥,还有无数张自制的藏书票。我每出差，无论怎样的星级酒店住着，都会怀念这个小"书房"，估计总统套房都提供不了这样一个角落。这里中西合璧，新旧杂陈，品类齐全，羊皮的《丁尼生诗集》伸手可取，李叔同刻的"利名都是一鸿毛"就躺在书堆里，两百年的老英文版《圣经》我想怎么读就怎么读，你知道这是何等的奢侈啊！

小卧室十二平方米。小床垫子底下也塞满了书。靠窗有一个极深的大玻璃柜，里面放着北洋政府国务总理颜惠庆编的《英华大词典》两大册以及一八七七年献县印的拉丁文字典。

这就是我的"书房"大致的面貌。雪霞命我作文，我就遵命写书房如上。顺便一提，我在潘家园住的时候，拿阳台当书房。我拿《苏联大百科》砌墙，用《列宁全集》当隔板。当时有朋友需要静修，会上我那个阳台书房。我垫花盆用的是《希腊画册》，我把池田大作的个人起居录瓤子去掉当自己的影集，理由是那里面的衬纸极好。

关于书和书房，很多故事我写进了《书梦依旧》。

前花后菜中书舍

沈胜衣

逐水而居，一直是我的梦想，今年终于再次搬家到江河侧畔了。但新居我只留了一个小小的书斋，而将大部分存书集中于旧居，把那搬空出来的旧房子整间改装成藏书阁，原来的书房"忆水舍"（因该处周边没有天然水源而取名）扩充到客厅、饭厅和其他房间，不再住人而住书，易名为"忆水书舍"。这样，人书皆安，各适其适：新居能腾出更多空间来改善卧室，旧居则有充足空间放书，让近年来憋屈在书架后排、甚至是箱子中的书，全都能堂堂正正地亮相。

这忆水书舍除了藏书、读书、写作，还用来养花种菜。

前阳台上（连绵至"蓝房间"窗台），是搬家后留下的观赏花木，今夏改装完成时，有茉莉、鸡蛋花、金银花、紫薇等盛放，炎日馥郁生凉；刻下开得好的则是芙蓉、桂花、簕杜鹃、软枝黄蝉，红黄秋色明艳；此外春之杜鹃，冬之山茶，等等，四时繁丽；

再加上能结果的西番莲，是为四季花开、有花有果的吉祥好景。

后阳台（连绵至"白房间"窗台），则是新打造的家庭农艺小园地，种了番薯、秋葵、韭菜、辣椒、番茄、茄子等近十种蔬果，隔一段时间就能采摘一番加菜；还有点缀其中的柠檬、使君子、龙船花、夜来香，等等，同样恣纵蔓生满架。

分别为审美性和实用性的两类植物，各得其所又融于一屋，与外面大院的葱茏草木一起营造了喜人绿荫。两个阳台上不时有蜂儿来，蝶儿来，鸟儿来（它们还在窗外做了一个窝），伴我暇时闲居，持卷度日。

当然，花菜簇拥的这忆水书舍，主体还是书柜。

大厅（原客厅），新做了三排书柜，布满除阳台落地玻璃门之外的整整三面墙，书柜造型由我和木工师傅共同设计，分别为品字形、回字形和斜格形，体现不拘限于传统造型的新颖活力。左手那一面品字形的"书墙"，是书话类等"书之书"专题，也包括相关作者的诗文集。右手那一面回字形书柜，则是我近年钟情所在的"草木光阴墙"，以植物图书为主，也包括其他自然博物及岁时节令之书（正好有一册大开本植物图谱《草木光阴》，可摆出来作为点题）。背后一面斜格形的，是"画墙"，艺术类书籍。旁边还有一个蓝色移动小书柜，放些笔记小品等。这些书墙书柜围着的中间，蓝色吊灯和白色弯垂灯下，是一套蓝白大花的布沙发；对着前面葱绿阳台的，则是一张浅绿调的玻璃长桌，配了浅绿色椅子。三面书墙皆为深黄原木色，代表岁月时光、年纪心情；而那些蓝和绿，是青春的印痕。

旁边小厅（原饭厅），有一个新做的也是顶天立地的“私书柜”，放置的一是与自己有关：出过的书，发表过文章的书、报、刊，他人评论自己的文章所在的书、报、刊；二是私心尊崇的三位师友谷林、扬之水、陆灏的书。小厅另一角，由原来的电视柜改成的书架和茶座，放置的主要是“忆水之书”，将书名里有“忆”、“水”二字的书集中摆放；另还放置些回忆怀旧之书，以及古典名物之书。所谓茶座，还包括这小厅中间的茶几木椅，与新旧书柜皆为深黄原木色。

接着是蓝房间，即原来的书房，两边原本就有整面墙的蓝色书柜，是“古今中外”专题，包括本省与本邑（含两处母校），一些名家（如周氏兄弟、沈从文、张爱玲、泰戈尔等），一些时代（如魏晋、唐、八十年代等），一些地域（如“光荣属于希腊，伟大属于罗马”、法兰西、港台等），一些门类（如现当代诗歌、近现代知识分子等）。这里对着绿窗的，是一张新做的白色书桌，房中间还摆了新做的白色小柜，既作闲坐，也存放辞典等工具书。

最后是白房间（这两个房间之外的卧室仍保留用于休息），一个白色的新做移动小书柜和原来的CD架等，是“声色”专题，存放流行音乐与电影的碟与书；一个褐色的、我大学毕业后用的早期旧书柜，存放少年之书与武侠小说。

——以上所有书架，都专门腾出一格以上，放置该专题的朋友赠书。

这书舍的各处都挂了相应书画，以及点缀相配的工艺品，特别值得一提的有：

绘画方面，许宏泉早几年绘赐的《忆水舍读书图》，清代张嘉寻的陆游《明窗读周易》诗意图，本邑文史名家容庚的《竹炉茶韵佐清吟》图高仿品——都是山水间幽然一舍悠然坐读的图景。还有冷冰川一幅《阳台》，是我旧著《书房花木》的封面画原作；另一幅《大暑》签名高仿品，那花下椅上仰眠的裸女，脚边正抛落一本书，都很合书斋情调。

书法方面，扬之水的《清欢》，陆灏的《花木精神亦永年》，无名氏的《呼朋射鹿来中林》，知己友人的《沈郎清瘦不胜衣》等，皆可寄意。自己也不避鄙陋，留些印记，在这书舍落成之夏的生日，自题了几幅《忆水书舍》。

还有一些旧时自制的小画框，是从报刊裁取的黑、白、蓝调摄影美术作品，《论个人天地之必要性与无聊》，等等。

装修好这忆水书舍，经过一段时间整理上架后，丈量点算一下，共有书架面积约五十平方米，书约五千多本。此外还有几个专题的书，分别存放于新居淼舍及办公室的耕读轩（闲闲书室）。但总的来说，这个数字比我原来自以为的要少，然则，还是有心理空间和书架空间可继续买书了。

其实在落成前后，就已又收聚了一大批"忆水书舍主题书"，作为入伙之喜纪念。当中有董宁文编《我的书房》，埃斯特尔·埃利斯等著《坐拥书城》，乌尔夫·D.冯·卢修斯著《藏书的乐趣》，范凤书著《私家藏书风景》，以及好友贺礼之一、邱文颖著《一斋一世界：明代江南文人书斋与书事》——几个书名，都是这新造的"我的书舍"之自况，欣然坐拥一斋一世界的独立私密空间。这批主题书的压轴，则是普鲁斯特名著的新译本、沈志明译《追忆逝水年华》（旧译本作《追忆似水年华》）。自此，一方面逐水而居，另一方面忆水而读，继续我的双子座分割型人生，穿梭出入现实与精神的两个天地，其乐自得。

"老虎尾巴"及其他

谢其章

昨夜开写这篇小文，忽然在电脑里翻出一张旧照片，遂以"吾家五十年代的书房"的名义发到微博。微博取代了博客，而如今微博又有了被微信取代的趋势。没想到这张模糊的老照片却得到了不少评论，这不是微博的力量，这是书房的力量。我想，何不在说我的"老虎尾巴"之前，先说说"吾家五十年代的书房"。

父亲一九五一年举家自上海迁到北京，从小洋楼迁到四合院。那时的四合院还是有房东的，后来我听父亲讲这个房东的历史背景，非寻常百姓也。这个院落在上世纪三十年代住过北平市社会局局长，日伪时期局长官职未变，以至于抗战胜利后当然被逮。我家住西房三间，另外东房两间，一间作厨房，一间保姆住。所谓"吾家书房"乃西房右首那一间，面积超不过十平方米。墙壁上挂荣宝斋复制品《八十七神仙卷》，两个书架和两个玻璃门书柜组成一面书墙，临窗一个写字台。这间书房的历史不过四五年，家里添人口要睡觉要学习，书柜书架便分散摆在各屋了，我的记忆里没见过这面书墙。书柜"文革"中卖了，书架有一个至今保留在我的"老虎尾巴"，那个三五牌座钟也保留在我这儿，座钟的玻璃裂了一道，父亲说那是往北京搬的时候打破的。《八十七神仙卷》现归我三弟保存。父亲藏书的一部分及卡片箱如今在我这儿，几千张做学问的卡片也在我这儿。

几乎四十年后，"吾家书房"借"老虎尾巴"之名还了魂。

"老虎尾巴"是鲁迅在北京西三条旧居时的一间小屋，因形制特别，故得此名。这个小掌故我原以为上过学的都知道，有一回某报记者光临寒舍，名为采访，实为聊天，见了报就算采访，没见报即是聊天。聊天中我说我的这一小间搁书的小屋私底下也叫"老虎尾巴"，记者不解，我就把鲁迅的这个著名小掌故给她讲了一遍，自以为她听明白了，可是，一见报，鲁迅的"老虎尾巴"跑到上海去了。

我现住的房子是三间，大房十五平方米，小房十平方米，厅十六平方米，厅的北面还有一间六平方米的小隔间，一般人家都将其与厅打通，变为一个大客厅，我却用来做书窝。平生喜欢鲁迅的"老虎尾巴"书房，敢掠先生之美。鲁迅的"老虎尾巴"窗户开在北墙，首先是采光好。鲁迅说："北窗的光，上、下午没有什么变化，不像朝东的上午要晒太阳，朝西的下午要晒太阳。开北窗，在东壁下的桌子上下午都可以写作、阅读，不至于损害目力。""老虎尾巴"窗外是一块小园，鲁迅《秋夜》中有名句"在我的后园可以看见墙外有两株树，一株是枣树，还有一株也是枣树"，而我的"老虎尾巴"窗外正对着小区的花园，一片郁郁葱葱。

"老虎尾巴"只是说说而已，从未像别家书房起个斋号、堂号，郑重其事地制块匾挂在墙上。韦力先生近来做一件大事情，实地探访朋友的书房，不局限于北京，南京、上海、济南、苏州他也跑。年初，韦力光临寒舍，聊了两小时，临走又问了一句："老谢，你的'老虎尾巴'真没匾啊？"

有一次父亲厉声对我讲："你为什么用'老虎尾巴'，这不是鲁迅的吗？"看似一个玩笑的沽名钓誉，也防不住旁人认真起来。

我的"老虎尾巴"已有二十年的历史，几乎每年一折腾（改变格局），现在的这张图片是韦力年初拍摄的，这以后就没再折腾。为什么老折腾？还不是因为面积小，顾得了放书的地方就顾不上写字的地方，顾上了写字还要顾上光线。这不是有扇窗户嘛，冬天不开窗，窗前还能放点书，夏天要开窗，书就得另找地方。空间不变，就得不断腾挪。每次折腾都以为是最佳方案、最后一次。

这张照片只显示了"老虎尾巴"的一半，另一半在书格的背后，背后摞有三十个纸箱，统一大小的纸箱，纸箱里装的当然是书刊。三十个纸箱背后是一个书柜，两米宽，两米高。所以说，想看看纸箱里的书是一个大工程，想看看书柜里的书简直就是"登月工程"。

《夜晚的书斋》称："我想象中的书架，矮的一格从我腰部开始，逐渐升高到我伸出手臂用手指够得上为止。根据我的经验，书籍如果高到需要用梯子的程度，或者低到强迫读者趴在地板上才看得清楚，那就无法取得人们的注意了，不管它们的主题和优点是什么都没有用。"洋人之书房没有狭窄如"老虎尾巴"者，你看他们对书架的要求尚如此苛刻，我哪里做得到百分之一。

我所庆幸的是，没有辜负"老虎尾巴"，在这么逼仄的空间，我写出了二十本书。很赞同《夜晚的书斋》里另一段话："客人们常常问我是不是读过我的全部图书；我回答说我曾经打开过每一本书。事实上，书斋不论大小，不一定所有的书都读过才算有用。每一个读者都可以从知与无知的良性平衡中获益，从记忆与遗忘的良性平衡中获益。"

说句并非酸葡萄的话，我不羡慕那些大而无当的书房，我以为书房以十五平方米为宜，再多一间或几间也不宜搞得跟书库似的。谷林先生只有一张小书桌、一个小书架，那也阻挡不住他写出第一流的文章。有谁见过张爱玲的书房？想来是没有的，但是这妨碍张爱玲超一流作家的地位吗？倒是那些楼上楼下皆书房的阔主儿，他的书房产品，令人掩鼻疾走。

再说句丧气的话，现在装修房子不是很时兴嘛，但是绝大多数家庭对于卫生间、对于厨房的讲究，远超一间书房的建设，或者根本没有设置书房的打算。我的意思是，书房及书房文化，仍旧是小众的话题。正因为小众，才需要精致和趣味。

书房话题，少谈意义，多谈趣味。

所谓书房

由国庆

　　我无意成为藏书家，但从小爱书，成长后更看重的是学以致用、藏以致用。管见，广义上书房是文人墨客坐拥百城的一片天地，乃至近些年在某种层面上亦成为"土豪"附庸风雅的"虚幻"空间；狭义上呢，它不过是一个人读书写字的地方，蜗居中哪怕只是半分薄田，哪怕仅有一张小桌，只要能安享其中，那也是自得其乐的生活。

　　父亲自上世纪六十年代便响应号召支援新疆去了，我们并不算完整的家一直住在宿舍院。母亲是教师，多次荣获优秀。一九八四年改善生活条件，我们喜迁新居，有了两间正南正北的大房及一所小院。后来，随着姐姐相继出嫁，里间屋自然归我独享了。我学美术出身，一九八八年前后正是自己在绘画方面突飞猛进之时，有了专属房间，我如鱼得水，不分白昼，大肆宣泄青春的笔墨与躁动的色彩。屋里的小柜被我放倒，铺上衬布摆上静物来画写生，同时又支起画案，展开现代装饰艺术创作，画具、油彩、纸张、画框充塞满屋，中间只剩下一窄条小过道。年轻气盛的我大有自在小楼成一统的惬意，常常是，母亲在隔壁叫几声我才去吃饭，催几遍我才会睡觉。

母亲爱干净，里里外外收拾得井井有条，而我甚至不允许她贸然打扫我的"书房"，确没少惹娘生气。尽管我少不更事，但母亲永远最疼爱儿女，她在省吃俭用中不仅为我购置了新书桌，还请木匠打制了新书架。书架上分三层，下为对开门柜子，如此，长期散落的书籍、画具等第一次有了最好的归宿，看上去让我感到无比幸福。

正是在这十五平方米的小天地中，我创作的《太极》发表在中央工艺美术学院《装饰》杂志，《老城旧影·门》入选中国油画年展，《天津民风》荣登中国美术馆展出。顺便一说，前两幅作品至今还挂在老屋，每每看到总会想起过往的青春时光。

一九九二年，我结婚成家。婚前，我的旧书柜被挪到大屋对面的厨房，被当作了碗橱。那年月曾流行组合家具，打家具时，我特别让木工师傅设计了满满一组带玻璃门的书柜和一张宽大的写字台，漆纯白色钢琴漆，在当时看来足够时尚，这让我的卧室兼书房充满了温馨。有了小家，有了崭新家具，自然不大方便由着性子挥洒油彩水墨了，我于是"因地制宜"，专注绘画设计

美术小品。几年间，插图、刊头、尾花广泛发表在《人民日报》
《中国青年报》《文汇报》《新民晚报》《南方周末》等南北名
刊，受到欢迎，进而约稿连连。

　　一年后，爱女来到这个世界，我们的房间骤然变得局促起
来。柴米油盐的生活就是这样，尽管"理想很丰满"，但"现实
很骨感"，你只有去面对。

　　思变。因为我屋对面的厨房并不开火（只在母亲那间屋对
面的厨房做饭），所以我在厨房中加装了吊柜，当作碗橱，这样
就腾出自己原来的那个书柜，再度放进书籍。安顿好孩子，我闲
下来可以拎着小马扎躲到这里来看书，吸上一支烟，美滋滋的，
哪怕是熬夜也不至于影响妻女休息。当年，小厨房也称得上是
我的"第二书房"吧。眨眼间，孩子已可以爬到我的书桌上玩耍
了，她喜欢翻翻这动动那，但从未损坏过我的书与画，当然也有
在桌上打翻奶瓶的时候。

　　买书、读书容易让人上瘾如痴。随着书越来越多，我开始慢
慢向单位办公室转移。不多时日，办公桌被堆满，书与稿分摞两
厢，中间仅剩二尺左右，好似碉堡的瞭望口。上班时间，我不大
愿意多说海聊，得闲就埋头书堆写写画画。如此状态给人下意
识里有了一种感觉，即领导和同事认为这样的人是比较"安全"
的，毕竟"百无一用是书生"嘛，不会有太多的欲望，难以对旁

人构成"威胁"。缘此,我曾自嘲办公桌就是我的"流动书房"。一九九八年,几百本书与一堆文稿陪着我从一家媒体调到某博物馆。

上世纪九十年代中期,用电脑敲键盘写作尚未普及,在"流动书房",我也用传统绿格纸一篇篇一遍遍誊写文稿。一九九九年五月,自己的第一组系列稿件《话说老天津广告文化》发表在《天津日报》副刊,进而完成处女作《老广告》一书大部分草稿的写作,不久由天津人民美术书版社出版,后来还被载入《天津通志·民俗志》中,称拙作"开启了作为商品记忆的老广告在时间、空间上的延续价值"。

我的三口小家在一九九七年乔迁新居,常用书、心爱书从老屋转移到新房。书多成患,记得当时把搬家的工人累得不行,一个劲儿地要加费用。装修时,我在卧室特别设置了到屋顶的书架,尽可能加大容量。再就是向原结构的厨房要空间,经过改造,厨房被迁到阳台,在原厨房小间里贴着墙壁又安排了连墙的书柜,同时配上电脑桌,如此,我又有了"第二书房"。望着各处整整齐齐的排排书籍与册册故纸藏品,品茶、读书、鉴赏、写作,一种前所未有的温暖油然而生。书安顿,人方安居。

二○○四年,在寒舍卧室兼书房中,我接受了中央电视台的采访,并完成了专题片拍摄工作。有了相对安逸的写作环境,几年间，我出版了《再见老广告》《鉴藏老商标》《津沽旧市相》《追忆甜蜜时光》等专著，博得了市场的认可与广大读者的赞誉，有的书在后来还出现了盗版。

天有不测风云。二〇〇五年二月的一天，我在写稿过程中欲查阅资料，当打开小间屋的书柜时却发现竖排的书怎么也拿不出来了。费九牛二虎之力，书终于被抠出。天啊，书从下向上的绝大部分都已湿透！我顿时懵了，再仔细一看一摸，书柜内上半组三层的书一半以上遭到水浸！因为平常排放比较紧凑，水浸后书页发胀，书与书粘在了一起，页与页黏在了一起。我脑海里一片空白……

哪来的水？我不停自问着。原来当年装修时疏忽了一个问题，即原有的燃气管和自来水管被包在了柜子里。我急急掏空柜子仔细查验，内中那段水管完好无损且十分干燥。难道是楼上邻居的水管滴漏，贴着管外壁顺流而下了？我不顾一切地冲上楼，人家全然不知我在楼下的翻江倒海之痛。顾不上多说，我打开他家相同位置的柜子，趴在地上，用手去摸管道，摸柜子下的地面，可基本上是干的啊，仅在下水口边沿发现一点点潮湿迹象。反复分析上下，无解。

一时难以说清问题出在哪，满头冒汗的我整理着心爱的藏书，清点过后更加心痛，有近百本书遭难！最可惜的是旧版《点石斋画报》《故宫周刊》《北洋画报》以及多本建国初期的老画册等，尤其是二十多年前的几本读书笔记也漫漶不清了。再看铜版纸图文书的页与页之间因有含胶质的因素已黏固成一体，板结如铁，惨不忍睹。望着摊开的湿书残局，我像丢了魂似的，在屋里转来转去，轻轻摸摸这本，看看那页，心如刀绞，欲哭无泪。后来，我专门写下《我书劫难》一文，算是一份纪念，也希望读者与书友们引以为戒。

二〇〇九年二月，与病魔抗争数年的母亲离苦得福，远去天国。从此，我每天需到老宅去照料年迈的父亲，晚间常常要睡在老屋。

为方便写作，我又将部分常用书运回老屋，重新收拾干净真正属于我一个人的书房，重新回到了自己的旧时光中。那年，我克服诸多困难，在老屋挑灯夜战，完成了《老广告里的岁月往事》一书七八成的文稿，不久由上海远东出版社出版。

我在这本书的后记中写下了这样一段话："其实还有一点隐情没好意思和责编先生说明，那就是约定下这部书稿的时候，家慈仙逝仅仅百日，悲怆、思念，我的心难以抚平。但是，我没有理由拒绝千里之外的真诚。多少年来，为了让我有充裕的研究时间，病中的母亲一直在承担着烦琐的家务，而面对如此变故，理家的重担我必须扛起。为了一桩事业，为了这本书，我只有比别人付出更多的艰辛，学会坚韧，学会感恩。就让此书一并献给在天堂微笑的母亲吧，化作别样的团圆。"

静夜里，台灯下，我轻轻敲打着键盘，耳边仿佛有母亲的声音从隔壁传来：国儿，早点睡吧，别累着……

寒来暑往，书与所谓的书房让我的现实生活空间变得越来越狭小，而一个人的视界呢？说到底，书房最是心房。

又及：

二〇一六年新春前夕乔迁新居，我如愿有了更宽敞、更静雅的书房，房中还特别挂上了"故纸温暖"四字，且可变换展示，皆为各地师友题赠的墨宝，会珍存。写下这段文字也是对旧书房、对过往岁月的怀恋，深深的。

【辑二】 最美书房

杂乱无章秋缘斋

阿滢

我参加工作后开始聚书，那时新华书店是买书的唯一渠道，而且不会打折，书少，没有挑选的余地。一套冯梦龙的"三言二拍"费了几年工夫才凑齐。和父母一起生活，没有多余的空间做书房，在自己的小卧室里做了个简易的书架，后来随着书的增多又做了书橱和一个书架，本来拥挤的空间更加窘迫。

一九九〇年新单位分给我一套平房，有前后两个小院，房子不大却很方便。搬家时，没有多少家具，倒是那些一捆捆的书惹得邻居们侧目。房子被切割成五个小房间。两间卧室，一间客厅，一间厨房，靠后院的那间当作了书房，房间只有五六平方米。好在当时的书不是很多，只放了一个书橱和两个小书架，在临窗的地方安放了一张写字台，郑板桥所书的"小书斋"拓片压在写字台的玻璃板下。

那是我平生第一次拥有书房，关上房门就可以天下成一统了，读写也不会受到家人的干扰。最初拥有书房的那几年是我人生道路最艰难的日子，当时，不顾家人的劝阻，从事业单位调到了一家企业当了负责人，本来雄心勃勃地想干一番事业，没想到却是上了贼船。幸亏有书相伴，使我不致消沉。关上房门写出了我的第一本书。当时不懂出版，一下子印了八千册，后来靠各地书商帮忙，总算全部按成本价销了出去。

我也得益于那些日子，读了不少书。沉寂了两年之后，我走出了书房，赌气般下海做起了图书批发生意。骨子里爱书的人，做图书生意更是如鱼得水，很快适应了市场，在各地建立了销售网络。当图书市场进入低迷时期，我及时撤出，又回到了书房。

济南中山公园成立旧书市场后，每周六、周日有上百个书店和书摊经营旧书，而且价格出奇的便宜，隔三岔五我就开车去济南淘书，每次都能购买千元左右的书，被朋友称为疯狂购书。那时千元的概念是可以买到五百多本书。虽叫旧书，书的品相大都很好。一套全新的《苏东坡全集》，精装六本，只花了二十五元，与白捡无异。

之前的秋缘斋是流动的，因单位分的房子太小，书越来越多，书房里放不下，客厅里、卧室里堆得到处都是，有时候需要查找资料，明明知道自己有那本书，可怎么也找不到。后来便搬出去租房，但租房总是不那么固定，不时根据房东的需要而搬迁，而每次搬家，光那些书都要装几车，把前来帮忙的朋友累得满头大汗。需要好长时间才能把书整理好。直到二〇一二年底，购置了新房后，我的"书妃"们终于不再随我漂泊。丰一吟先生题写的"秋缘斋"的匾额也终于有地方悬挂了。

我不知道秋缘斋里具体有多少册藏书，也从来没有统计过。由于空间的限制，藏书分放三处，家里三分之一、办公室三分之一，还有一处藏书室放了三分之一。所拍的几幅照片都是家里的藏书。我的藏书有几个特色：一是地方史料的收藏。本市编印的各类地方史料书籍基本都有收藏，因而，许多单位编写志书都到秋缘斋查找资料。二是族谱收藏。我从二十世纪九十年代开始收藏研究族谱，并撰写了大量有关族谱研究的理论文章，现在本市许多家族续谱前都会慕名到秋缘斋求教。三是张炜著作版本收藏。至今秋缘斋已藏张炜著作版本二百余种。四是作家签名本。秋缘斋有几个作家签名本专架，一千五百多册签名本形成一道风景，其中不乏毛边书，不仅是友谊的象征，更是取之不竭的精神财富。

因了书的侵占，书斋空间显得逼仄，有好多书都堆在地上，给人一种杂乱无章的感觉。我常以"书似青山常乱叠"自嘲。

书斋的阳台上置一茶台，一对圈椅，秋缘斋有各地师友寄赠的各类明前新茶，时有三五好友品茗聊书，聊得兴起，从书架随手抽出，翻阅印证，不亦乐乎。外地书友亦时常光临，北京、河南、江苏等地的师友，给秋缘斋留下了珍贵的记忆。

秋缘斋里，书还在继续膨胀着。许多作家、学者都拥有上百平甚至数百平的大书房，过着帝王般的生活。在他们的"后宫"里，"佳丽"无数，何等的潇洒快活，令我等蠹鱼羡慕不已，并暗自发狠，如果条件允许，一定买更大的房子，也要享受一下帝王般的生活。

"知也无涯"话书房

韩三洲

　　每个读书人，大概都有个书房梦吧，可我大半辈子都过着漂泊不定的生活，直到十多年前年近五十的时候，才赶上最后一批单位福利分房，在京城四环外的一个小区分得六十多平方米的一套居室，之后咬咬牙，花了八千多块钱买了两组顶到天花板的书柜立在客厅两侧，又租了一辆一三〇卡车，把七十多只纸箱子的藏书从岳父家拉过来摆了上去，才总算圆了一个打小就有的书房梦。

　　有句话说，书房代表主人的求知兴趣与个人阅读史。其实并不一定，因为个人的阅读兴趣是随着时代变迁与人生阅历而转变的。以我来说，十多年前，辛辛苦苦地摆到书架上的那些书大都淘汰了。在此之前，我也与许许多多读书人一样，喜欢收藏一些古今中外的世界名著，总是被舆论导向牵引着读书，吃着别人嚼过多少遍的馍馍。还有，自己读过的书，总觉得下一代也能读，也必须读似的。没承想等到女儿大了，虽说天天在书柜旁晃来晃去的，但她对这些名著根本不屑一顾，甚至连翻一翻的兴趣都没有，倒是天天不知黑白地泡在后来置办的电脑前浏览。等到女儿出嫁了，传承无人，我便把这些得之不易的名著处理掉了，来了一个"腾笼换鸟"，换上了每个周末到潘家园淘回来的自己所爱读的文史杂学和人物传记。

记得刚买回两组书柜时，还觉得够猛够高够大，神气得不行。两年后，正赶上北京市遴选新一届"读书状元家庭"，条件有两个，一是必须有五千册以上藏书，二是发表过与读书相关的五篇文章。记不清朝阳区政府的相关人员是怎么找上我的，印象中他们来了一个女同志，看了看我的藏书，照了几张相，把我复印的几篇文章带走了，后来就通知我去北京市政府大院开会领奖，算是忝列了一届"北京家庭藏书状元户"。这事后来被人屡屡提起，我也屡屡受窘。今天看来，当年我那点书籍家底，较之今天京城的藏书大户，真的算不了什么，太普通寻常和小家子气了！

还有一件始料未及的事情，当年购置书柜时，光顾得"高大上"了，忽视了书柜的实用功能，忘记了书籍乃是家庭生活中最沉重的物件。我的书柜是玻璃拉门，可以摆放里外两层，中间是几层隔板。为了方便爬高上梯，还专门配置了一个扶梯上下。没想到的是，隔板是架在几个铆钉上面，根本顶不住书籍的重量，几个月后，隔板因为承受不住书籍的重压开始脱落，经常在睡梦中听到"咚"的一声巨响，迷迷糊糊地知道又一个书柜隔板给压塌了。我只得自力更生，买了几十个三角钢板和一把电钻，花了几个月时间把书架隔板重新固定了。书架上的书也改为单层摆放，一目了然，找本书比里外两层方便多了。

以前，对读书人来说，写字台似乎是书房的必备之物，与书柜相映成趣，文房四宝一摆，很是匹配。可对现代人来说，还有几人在用写字台呢？即便有，可能也很少了。我也一样，有了所谓的书房没几年，就学会了电脑，写字台转眼就成了大而无当的废物，只好用来堆书，一本本地加高到屋顶。前年看到一则新闻，说是香港一家书店的老板在睡梦中被自己堆积过高的图书给砸死了，而我的写字台恰在床铺旁边，为防意外，不得不把高堆的书籍撤下了一半，这样就可以放心入睡了。

有时想想，坐拥书城之乐，其实在很大程度上只是满足了读书人的一种虚荣心，是感官上的一种享受而已。据说，许多名家，如通识多才、学富五车的钱锺书先生，家里是没有书房的，他那浩瀚如海的巨作《管锥编》，全是仗着自身博闻强识的读书功夫来完成的。而驽钝如我等之人，偏偏还要在本来就不宽裕的居家之中，另辟出一处地方，附庸风雅地称之为"书房"，想想就有点可笑。中外典籍，浩如烟海，个人书房的这点东西与之相比，真可谓九牛一毛、沧海一粟。还是《庄子·养生主》里面的那句话说得好啊——"吾生也有涯，而知也无涯。以有涯随无涯，殆已！"

沉静 "九日斋"

黄荣才

我真正拥有书房是二〇〇四年搬新家之后。

最初的书房是在师范读书时,把原来就狭窄的学生床靠墙壁的角落当成放书的地方,一溜儿过去,想读哪本书,随手可及。当时,流动书摊是我买书的主要途径,学生穷,只要是没读过的就是新书,旧书也照样买得乐不可支。

参加工作后,数次变动单位,书房就是几张学生桌,把书堆放其上。有两个书架,是利用废弃的木料,请木工做好,已是比较阔绰。一九九〇年九月,平生第一次领工资,一个半月,一百八十元,因为任教的乡镇没有书店,我兴冲冲地跑到二十五公里之外的九峰镇,"土豪"了一把,花了一百二十元买书,回到学校,把书陈放书架,很有成就感,代价是吃了一个月的榨菜、咸菜。

后来,终于有了自己的房子,硬生生把两房改成三房,有了间九平方米的书房，添置了两个三开门的书架，把原来用纸箱装的书摆放整齐，颇有"安得广厦千万间，大庇天下寒士俱欢颜"的感慨。书越买越多，就把书架换了，做了顶天立地的一排书橱，把书籍重新归类整理。书橱里没有争议的"龙头"就是和林语堂有关的，林语堂写的，别人写林语堂的书，不同的版本，找得到就买。最阔绰的是在一个晚上，花了五千多元，在网上买到两套林语堂的书籍：一套是台湾金兰文化出版社的，三十五本；一套是东北师范大学出版社的，三十本。如今书架上有关林语堂的书有数百册，还延伸拓展，买了一些和林语堂有过交集的作家的书籍，郁达夫、鲁迅、胡适、梁实秋、曹聚仁、老舍等。

书房里的另外重要一部分是文友的书。我把文友的书聚拢排放，小说、散文、诗歌，很有阵势。拿起一本书，就好像和文友在聊天，温馨、亲切，扫一眼过去，就是一群人聚会。地方文献资料同样关注，那是一个区域的文化密码。有关平和、漳州的，读这些书，有探寻来路的解密，有深入细部纵深的神秘，很能吊人胃口。其他的书，小说、散文、人文社科类图书等，我分类存放，且尽量把已读和未读分开，看一眼书架，就知道自己最近读了哪些书，读了多少书，不敢松懈。

吃完饭进书房，早晨起床后进书房，周末假期大部分时间待在书房，几乎就是我的"标配"。上网浏览，敲击键盘写作，或者，挑一本书，或者随手抓一本，半躺在转椅上，把双脚放到书桌边缘，看书。这份惬意感觉好极了。夏天的时候，来一听冰镇的啤酒，不时喝一口；冬天可以是一杯白芽奇兰茶，让书香和茶香交织弥漫。读书、写作，让我的心情沉静，抛却喧嚣和浮躁。有时候，喜欢把书籍重新归类，站在书架前，看着那些图书，很有庄园主巡视自己领地的感觉。把书拿出来拍一拍尘土，宛如老朋友见面拍拍肩膀，亲切，而且没有遗忘。家里的书多了，办公室三个三开的书架也满了，就把读过不常用的书搬回老家，谓之第三书房。

把书房命名为"九日斋"，"九"取"久"的谐音，意为读书、写作是常态，必须坚持，且要耐得住寂寞，常言的久久为功，如今已出了八本书，就是一种坚持和坚守。另外，老家崎岭乡浮坪村屋后，有个旭山岩，"旭"拆开就是九日。我想，哪天要请朋友写下"九日斋"这三个字，悬挂书房，经常回望。

弱水轩记

黄岳年

河称弱水，我居其滨。先人栽树，后人歇荫。轩者，高也，敞也，亮也。我爱其意，以之名居，聊志欢喜之意。

我住五楼，不可谓不高。"西北有高楼，手可摘星辰。"和老家的老屋比，也高，也敞，也亮，这里自然是在天上，像天堂了。不过，在我的心里，家，确实也不是天堂，胜于天堂。妻在家中辟出南向阳台，单独成屋的一间，作我书斋，我在此处安身立命，乐不可支。

轩中书多，第一本是父亲买给我的。那时我才读小学三年级吧？缠着进城去的父亲给我买书，一本是《鲁迅的故事》，一本是郭沫若的《奴隶制时代》。前者已经不见了，后者现在还在，作了我思念先父最好的纪念物。这是我的第一本书。那之后，我渐渐有了二十五史，线装本或全套的文集有《华严经》《维摩经》《楞严经》《道藏续编》《云笈七签》《鲁迅全集》

《李太白全集》《杜诗镜铨》《苏东坡全集》《朱熹集》《普希金诗集》《周作人自编文集》《张爱玲典藏全集》《卡夫卡文集》《郑振铎文集》《孙犁文集》《管锥编》《柳如是别传》，以及"中国历代书目书话丛书"、光盘版"中国大百科全书"、光盘版"四库全书"、《莎士比亚全集》，还有巴尔扎克、陀思妥耶夫斯基、海涅、拜伦、雪莱、歌德、罗曼·罗兰、托尔斯泰、钱穆等大师的著作，等等。想到有高人因为有十部全集而命名书斋为"十全斋"的，就窃喜我的比"十全"还多。网络时代可当得千万部书的电脑，自然也是其中的上宾。

打拼归来，我焚香啜茗，把卷清心，惬意非凡。藕益大师曾视一椅、一榻、一蒲团、一经卷、一声佛号为修行人的极致，我则视此时此刻此情此境为人生的极致。

《日知录》里的顾亭林，《骨董琐记全编》里的邓之诚，《负暄琐话》《负暄续话》《负暄三话》和《顺生论》《禅外说禅》里的张中行，《留德十年》里的季羡林，《口述自传》里的胡适之，都会随心而来，与我共话桑麻。书上说"无迎送之劳，有相知之乐"，此我之谓也。

冬日花暖，夏有凉风，窗明几净，此内子所赐也。小儿长大，熏染书香，勤勉刻苦，尚要我动员他去锻炼活动，才肯放下书本。家室如此之美，人处其中，自然其乐融融。

颇为羡慕吾家千顷堂主人与朋友相约读书的境界。那是黄虞稷先生与另一位藏书家丁雄飞之间发生的事。他们相互传抄传阅各自所无之书，后来二人订《古观社约》，约定每月十三丁雄飞到黄虞稷家，十五黄虞稷到丁雄飞家抄书论学，过期不候，误则以不许观书作罚，不好好读抄则撤去餐桌。我处僻地，清友少些，然荒村烟云，素心有托，佳致亦多。况网络信息，现代生机，早已入我胸臆，灌我心扉。千万里之外，有书友为我搜书，有知音助我清读，交流有QQ，有手机，有短信，还有电子信箱，天涯短消息，随时都能联系，适时通话，方便之极。雅集常有，清供时来，可圈可点，天人之乐，无过于此吧？

闭门即是深山，开卷就为净土。得先哲神韵的时候，信手翻开一册，就有盎然春意从纸山书卷中氤氲升起。旧书故我，新书怡颜。缃帙盈屋，福地琅嬛。晨昏我读，乐以忘忧。室中人语云："书为美人，君似王公。侯门如海，不知西东。清福湛福，无与伦比矣。"我笑着岔话，一哂了之。福无量矣，乐也无量。

时值太平盛世，迩来不见梁上君子，不能印证古人这类君子也因书而蒙教化之道，我就只好独享清福，独个乐乐了。

醒时眠时，坐处卧处，风晨雨夕，书卷覆我。我读书卷，在在处处，神物相随。我之书正多，我之乐无穷，我之福，亦无穷矣。

愿天下书生，都能如我，有乐读之福。

家有书房心自安

柯林

作为一个读书人，始终为没有一个像样的书房而遗憾。

生于耕读世家，自然爱书。小时候在农村，没有多少书，就更加对书充满了向往。自己家的、邻居家的、村里的、亲戚朋友家的，凡是能借到的书都借了，都看了。可还是书太少，不能满足自己读书的欲望。

上中学时随父亲去了延安。父亲在延安大学，他有延安大学图书馆的借书证，于是不好好学习，只是看书，延安大学图书馆就成了我的书房。尤其是父亲放假回老家，只剩下我一个人，我读书就更没有禁忌，白天黑夜读，连吃饭都顾不上，只是草草地应付。我看书看得昏天黑地，不知今夕是何年，直到父亲回来，生活才恢复正常。

后来，有了自己的家，有了一些书，不多，房子太小，书房是想都不敢想的，那是奢望。仅有的一些书也是零零散散地放着，或者遇到喜欢看书的朋友，干脆送给他们。所以基本上没有藏书。

再后来搬家，条件好一些，书房的问题立即被我提出来。把一间房从中间隔开，就是一个小小的书房，聊胜于无吧，多少也满足了我的部分愿望。从此开始有意识地买书，不再送人。时间一长，书越来越多，书房放不下，只能在家里见缝插针地胡乱摆放。

不久以前，我又搬家了，我很高兴，我高兴的原因是终于可以为我自己建立一个像样的书房了，我亲自规划房子布局，亲自设计书架。当一切就位后，我的欣喜之情简直是难以言表。

我买书只买自己喜欢的、想看的书，没有一定，也不成系统或门类，我看书也是。有的书细细来读，有的书翻翻而已，有时读书细究详察，有时读书不求甚解。全凭自己喜好，怎么舒服怎么来，没有禁忌，不受约束。

我经常站在书架前，也不读书，只是看着眼前一排排的书籍，这些美丽的精灵，我神思缥缈，浮想联翩，而我的心却静得像一潭湖水，沉静、满足、幸福。是的，有书的人真是幸福，我有书，在这物欲横流的世界，我不仅拥有书，还可以随心所欲地看书，所以我是幸福的。

　　比起别人的书房，也许我的书房还不够大，书籍还不够多，可是不要紧，时间还有的是，我们的路还很长。"读万卷书，行万里路"，也许我还做不到，但是我有一颗读书人的心，有读书人的情怀，就已经足够。

"半俗斋"里的幸福生活

陆 阳

二十多年前的一天，有过这样一段对话——

一位长者问："在你心中，什么是幸福生活？"

年轻人答："节假日，不冷不热的天气，一个人心无旁骛斜躺在书房里的沙发上，读自己喜欢的书，这就是幸福生活。"

那个年轻人，就是我。那时，我大学毕业，在家乡小镇担任文秘工作，为领导起草讲话稿。刚入社会，我与父母同住在偏远小村的矮楼房里，并没有属于自己的书房，每天花上一个小时蹬自行车上下班。

小村地处圩区，历来贫穷。村里的男孩想要娶到令人满意的姑娘，必须拼了命地到小镇购房。于是父母花了大半生的积攒，在镇上为我购置了一套新房。新房三室一厅，主卧自然成了我和老婆的婚房，小妹尚未婚嫁，在小镇企业上班，次卧给了她临时住宿。那间北向的小房间，成了我的书房。说是书房，其实也就摆了一张书桌，由乡下木匠打制，厚重，但土得掉渣。

就在这间书房，我不知为领导写了多少讲话稿。终于在某一天，我被上调到县里，为更高级的领导写讲话稿。

夫妻两人分居了一段时间，最终把小镇上的房子卖了，咬紧牙关负了债，在县城新购了一套房子，三室二厅。北向的小房间，依然是我的书房。那张老式的书桌，搬了进去，相比以前，添了一组书橱，依然是由乡下木匠打制，厚重，但土得掉渣。

就在这间书房，我又不知为领导写了多少讲话稿。书房外的区划，由县变成了市，又由市变成了区。终于在某一天，我成了领导，回到家乡小镇担任了行政一把手，需要时有人为我写讲话稿。

不过，衣锦还乡的荣耀感很快消退。尽管是最低级别的官场，在政务缠身的同时，同样有尔虞我诈，有专横跋扈……这一切，让我不胜其烦，也让我不堪重负。唯有晚间回到家里，捧读起自己喜爱的书，日间那一切的劳累和不愉快才很快会过去。

当初，在为领导写讲话稿的时候，我自己也用手中的笔、笔下的文，"指点"江山，关注乡镇企业和区域经济的发展。几年间公开出版了《苏南的变革与发展》《从苏南模式到科学发展》《长三角批判》《品城：对中国城市的批评》等书籍，煞有几分满足之感。

二〇〇九年的一天，闲读时读到谢泳在某篇文章中有这样的话："如果没有这两个机构（指无锡国专和清华国学研究院），中国后来的国学研究是一种什么样的局面，真不可以设想。"这句话，让我知道了我生活的这个城市竟然有这样一所在国学史上占据重要地位的学校，也让我的写作方向发生了转变——由"向前看"转到了"向后看"。

在随后的两年时间里，尽管工作依然烦琐，心情依然郁闷，但我谢绝了几乎全部自认为没用的应酬，把业余时间和节假日都用到对无锡国专历史的探究之上。北上南下，广搜资料，沉潜写作，终于写出一部二十余万字的《无锡国专》。

《无锡国专》出版之时，正是我调职之日。在挨过七年之后，我再次回到区里，在一个不大不小、不忙不闲的部门当一把手。我的幸福日子从此开始了。到今天，恰好四周年。四年间，专注于地方文史的发掘和整理，又公开出版了《唐文治年谱》《薛明剑传》《胡氏三杰》，最新的五十余万字的《激荡岁月：锡商一八九五——一九五六》也已杀青，不日面世。还根据读书的摘录，整理了一部适合放在床头阅读的《情爱民国》。

在此期间，我又一次乔迁新居。新居自然面积更大，房间更多。那间北向的房间，还是我的书房，书桌、书橱换成了整套的实木家具。

林语堂曾诙谐地说自己"对妻子极其忠实，因为妻子允许他在床上抽烟"。我家老婆虽没如此雅量，但却允许我在书房里抽烟。于是，充斥着烟味的书房，成了我一个人的天地，无须过多的打扫，无须刻意的整理，"乱"成了常态。

书到用时方恨少。每一次的专题写作，都会感到原有藏书的不足，不得不千方百计补充新书。为了写《无锡国专》，我购买的参考书达三四百本（套）。此后又不断购进新书。结果，家中总是书满为患。至于到底有多少册书呢，我一时倒也没有确数。因为每当一个专题写作结束，相关的参考资料都被我从书橱里移出，装入纸箱，搬到单位的仓库。单位的仓库成了我的"书库"。这样的"书库"，我目前有两个：家乡小镇一个，现在的工作单位一个。每当要进入一个新的写作课题，就得把"书库"里的书整个倒腾一遍，找出相关材料，再移入书房的书橱里。

读书人喜欢附庸风雅，有了书房一定要弄个斋号。有一次，见到一友的书房名为"伴俗斋"，便直接借用了。但不久感到："伴俗"者，必是"雅者"，而自己生活在俗世，必是俗人，便将自己的书斋名改成了"半俗斋"。

胡适说过，一个学者，一定要在离住处不远的地方有个单独的书房。要有这样的"理想"书房，那是困难的，但也是有希望的。如果真有了这样的一间书房，斋名我已想好，就叫"半斋"。

书·墙

潘小娴

　　说起书房，我眼前突现的就是两堵墙。这两堵墙，都是一本本书堆起来的书墙。

　　一堵书墙，靠近电视机旁，和我差不多高。

　　另一堵书墙，离饭桌不远，那真是很高很高，快高到天花板上去了。其实，我也挺纳闷的，我到底是如何把这书墙堆得那么高去的？

　　说来，现代住宅，让读书人非常不喜欢的一点，就是客厅特大，房间特小。我家用来做书房的房间，还通阳台，只放了两个书架，两张书桌，就拥挤得不行了。于是，只好在另两个卧室里各放了一个书架。三个房间的四个书架，早已经堆得满满的了，拥挤得连本书都插不进去。唯一能开发利用的，也就只有客厅这个空间了。

　　为了防潮，我决定把书堆放到客厅靠墙边的那张紫黑色木沙发上。这张长条形沙发，是十多年前一个老教授送给我先生的，沙发样子普通，但却很厚重、结实，搬家时也没舍得扔掉，想不到如今却派上大用场了。也就几年时间，沙发上的书越堆越高，后来竟然占满了高高的一整面墙，墙上那个米老鼠挂钟也给遮得只剩两只大耳朵了。而我，也只有站在凳子上，才能看到时间。

不管什么人到我家来，一进门，习惯性的动作全都是——睁大眼睛，盯着我客厅里的一整墙书，然后就大呼小叫起来："哇！吓人呀！一墙书呀，不怕倒塌呀？"不过，唯有一次是例外。有一天，一位街道大妈来我们家调查关于有没出租房子的事，大妈一进门，马上紧盯着我家那高高的一墙书，说了一句唬人的忠告——"注意防火哟！"把我吓出一身冷汗。

书堆得密集，"注意防火"，是一个问题。不过，对我来说，最大的麻烦问题，却还是如何在满墙书堆里找到我需要的书。每次，有朋友来，他们都喜欢从那满墙书里，随意拿几本书来看看。我便赶紧叮嘱他们：看过的书绝对不要再放回去，因为这层层叠叠的书，只有我自己才懂得怎么摆放。不过，说了也白说。朋友们从书墙翻出来的书，我也根本分不清该放回哪里，只好随手乱堆上去。结果高高的一墙书，越放越乱，等到要用哪本书时，却总是找不出来，无可奈何，只能默默地望书墙兴叹。然后，特别急需用的书，也只好到书店或网上再买回来。

至于书堆得高，怕倒塌，这早已经是个不是问题的问题了。因为，高高的书墙，看上去累卵之极，肯定会出现轰然倒下的一天，这只是取决于时间早晚而已。

二〇一五年春天的一个深更半夜，突然听到轰隆一声巨响，但我们一家三口淡定得很，谁也没起床去看，因为心知肚明，肯定是书墙倒塌啦。待到第二天早上起床后，跑到客厅，看到塌落满地的书，我们一家三口发笑不已："终于倒啦！"那感觉，就是一件要发生的危险之事，一直悬挂在心头，让我们的神经焦灼不已，如今危险突然发生了，倒是释然了。

释然之后，就是开始进行读书人特有的运动——搬书，给倒塌的书腾挪地方。于是，一部分书，搬到被压断的紫黑色木沙发底下，以便把木沙发稳固起来；另一部分书，则搬到电视机旁，垒叠出一堵和我差不多高的书墙。每当在客厅吃饭时，我们一家常常套用鲁迅的文章打趣说——在我家客厅有两堵墙，一堵是书墙，另一堵也是书墙。

但，好景不长。有天我在电视机前那堵书墙找书，才翻了十几本，书墙就轰隆一声响，书哗啦啦地往下掉。好在我躲得快，但右手还是给五六本书砸到，受了轻伤，刮破了点皮。

拍了些书墙倒塌的照片，发上微信，朋友们的回信，一片羡慕嫉妒恨——"书卷气扑面而来，我也想有这样一堵书墙。""以后可以写危墙记。""地震预报墙！牛呀！""平时睡觉只能睡在书上了，怪不得梦笔生花。""压垮啦，下面的沙发终于觉得解放了。""书墙吓人哇，倒啦，也养眼风雅呀！"……

只可惜，那么多书，也只是看着养眼风雅而已，我却没能梦笔生花。不过，朋友们说的"危墙记""地震预报墙"，却实实在在让我觉得，这书墙也应该腾挪到更好的地方去了。

二〇一五年六月十日，曾经垒起书墙的五千多册书，被打包运走了。书是捐赠给了母校图书馆。当时来我家搬书的搬家公司的四个小伙子说："你捐那么多书，太大方啦！这些书，都是钱呀！现在把四千多册书卖掉，可以买辆车，要是早些年，还能买套房呢！"

车要不要无所谓，房有一套住着就已经足够了，但书呢，却永远也觉得买不够读不完。虽然平常垒叠成书墙，似乎也没怎么上心，但如今要分别，我还真是有些不舍呢，那种依依不舍的感觉，仿佛是养大的儿子要寄养到别人家一样。

不过，人生总归要学会断舍离。也许，有时候，好东西也要断舍离，才更有意义吧。就像我收藏的五千多册书，捐赠给了母校图书馆，以后会有更多的人阅读到它，从中汲取到精神营养，为人生积蓄前行的动力。

我的"书窝"

王振良

我们"70后"这一代，出生有些"不逢时"，但成长环境毕竟好多了——东北农村的我，虽然有过物质生活和精神生活双重贫乏的经历，可对于个体来讲，儿时养成的阅读习惯（甚或可说是痴狂），仍使我大体上顺风顺水，念了十九年的书。

拥有一间独立书房，自是读书人的梦想，我也未能例外。我的书房之梦，走出校园就实现了，如今回想起来，还多少有些后怕。我庆幸自己在房价飙涨前夕，靠借贷先解决了安居问题。工作年余我就结了婚，房子最初是小三室，面积不怎么大，但设计极为合理，书房有十四平方米。房是顶层，挑高近三米，装修之时，做了四个书架，固定在墙上，分为十层，顶天立地。深有五十多公分，国标三十二开的书，可放前中后三排，取用虽略微麻烦，但能安顿我的万册藏书。三年后换了房，总面积倒是大了不少，可书房却被迫缩水，除了阳面主卧，最大房间才十三平方米，作书房也只好勉强了。仍是固定书架,仍是顶天立地,占去一面半墙。挑高略矮些,只能分为九层。深度又是五十多公分,肯定不甚美观,但我必须面对现实,让书尽量上架。又定制两张书桌,一张放电脑,用来写作,一张放台灯,用来阅读。一把简易转椅,安置在书桌之间,能方便地作三百六十度回旋。电脑桌靠在墙的一角,墙上又让木工钉了个格子,五层,简明随意,可放百十本书,取用便利。

二〇〇一年九月,我注册登录"国学论坛",首次加入到网络社区,当时随意起了个网名"饱蠹鱼",没想到一直伴着我走到现在,很多时候比我本名更加为人知晓。我最常用的笔名杜鱼,则从"蠹鱼"化出,只是"蠹"字不像姓,就改成了"杜"。我的书房呢? 也是受网名影响,被叫作"饱蠹斋",并非我有意如此,是朋友们先这样称呼的,我也只好接受。为啥用"饱蠹鱼"这么个网名? 那时我当要闻记者,跑口兼及天津市"五大班子",还有十多个辖农村区县,任务自然烦琐不堪。其间,虽是坚持逛书店和书摊,但平心静气的阅读几乎没有。往往书一归家,就束之高阁,任凭尘灰布满,致有生虫之虞。我的所谓"饱蠹鱼",本来取意是买书不读喂了书虫,也就是让蠹鱼吃饱,既是夸张,也算写实,还略含自谦和自嘲在里边。后来,问题也就出在这了。"饱蠹鱼"诞生整整十载,我出版处女作《稗谈书影录》，请李剑国师为之作序，大量引述有关"饱蠹鱼"来历和典实之后，李师给我做了结论——"痴书、耽书，自比蠹鱼，大抵自嘲中带着自得"，"就是以蠹鱼自许，甘做个书虫子，大饱肚肠"。随着书的问世，买书不读专饲衣鱼的我，就变成啃书无度腹笥常饱的我了。这个自行树立的"自得"形象，倒是我当初远未料及的。

说起饱蠹斋，若光看我的直白描述，阅者肯定无法体会其特点，我这里就只好自己道来了。其实也不是什么特点，相信很多藏书者的书房，应该与我的书房一样——乱。可是，这"乱"也肯定是有所不同的：人家书房的乱是乱中有序，而我的书房则是真乱，乱而无序。饱蠹斋中，想用的书找不着，早已成了"新常态"，多数时候被迫再买一本，而结果也简单，只能是更乱啊！

自从有了书房，它就处于饱和状态，并且不断膨胀再膨胀。如今现代化手段多，单纯藏书是件容易的事，但三万多册，不敢说很多，也不能算太少。四壁之下，书架之外，桌子、窗台、地下，随意堆放，但也只能安排一万余册。其他的呢，渗透式地扩张呗，造成的结局则是：中厅、阳台、过道、储物间、大小卧室，乃至单位办公室，最后都有书的席位。有那么一段时间，中厅的茶几和地上，也临时堆满了书，结果暖气跑水，损失惨重，幸好多是常见本。有过这次教训，加上老婆责詈，我将书转移到书房。

书房哪有空间，只能摞在地上，但又不能离书架太近，会影响架上书的取用，故此仅余的墙面堆满后，剩下的就码放在书房中间，最后垒起一道书墙，约有一米高，半米宽，两米长。我如果读书写作，必须双手左右撑住书桌，跳着跃过才能就位——书房弄到这个地步，自己都不好意思叫它书房，就漫诩之为"书窝"。既然是"窝"，主人就可带些动物属性，算是给饱蠹斋的乱找到点儿借口。当然了，这乱得不行的书房，也是既有好处又有坏处：好处是能一口谢绝师友的参观要求，坏处则是授老婆以骂我的最佳理由——不但占地方，而且乱花钱，可能随时随地就跟我算这笔账。

"饱蠹斋"三字，不少师友都题写过。但我这个类似储藏室缺少书卷气的书房，实在不适合悬挂匾额，也就没有装裱或者刻制。直至去岁，承收藏家张玄真先生雅意，绍介木刻家张长庚捉刀，为我精制一方金丝楠木匾，字为来新夏先生所书。这匾固然是好，我却也不敢挂出，与"书窝"反差太大，也是怕再给书房添乱，就暂存在父母处了。

书房梦实现快二十年了，可惜我在这个"窝"中，书却读得有限，文字写得更少，想来真是有愧这"饱蠹"二字——既对不住书虫，也对不住自己。

我想拥有一座"蒙古包书房"

张阿泉

蒙古包是"大地野营式的居所"

蒙古包是游牧人的家，是草原生计的凝结点，是一个迁徙民族的心理核心。这种建筑式样，不是出自高迪、莱特、贝聿铭一类大师的设计，而是中亚众多游牧部落几千年来居住实践的集成和结晶。即使在今天，蒙古、达斡尔、鄂温克、哈萨克、吉尔吉斯、塔吉克等民族，仍然在广泛使用着蒙古包。

"蒙古包"之名源于十七世纪的满族人，蒙古人自己习惯沿用"格日"的旧称。蒙古包兼有"毡房"、"毡包"、"穹庐"等别称，皆含有"以天地为逆旅"况味。

北美印第安人居住的"梯皮"、北欧萨米人居住的"拉屋"以及中国东北鄂伦春人居住的"仙仁柱"（俗称"挫罗子"，意为"遮住阳光的住所"）、"马依巴木"、"木刻楞"，也都属类似制式。

这一类"大地野营式的居所",既孤独,又与自然界融为一体,内部面积虽小,但外部空间无限延伸,真正是"诗意地栖居"。

蒙古包能把对自然资源的消耗降到最低点

游牧人心态放松,没有"争分夺秒"的病态执着,把太阳、月亮和星辰的移动作为"粗线条"计时标准。即使在计时器普及的当今,游牧人还常用古老思维表述时间概念,比如"太阳有套马杆那么高了"、"三星已经西斜了",这种"自然时间"比"人为时间"更适合与草原紧密相连的游牧人。

"蒙古包太阳计时法",就是根据从蒙古包的陶纳(即"天窗")射进的阳光照到的不同位置,判断出相应的时辰。游牧人早起、挤奶、放牧、喝茶、加工奶食品、牧归、休憩等一系列生活、生产活动,从一日到一年,都跟着太阳的起落进行,日子因此变得缓慢悠长。

蒙古族歌手布仁巴雅尔在其发烧歌碟《天边》前插页附有一组蔡晓容采访整理的《布仁巴雅尔如是说》,其中有这样一段文字:

来北京十四年了,我常常想回家去,好好地呼吸一下那儿的空气，感受那里的安宁和不变。在草原，人没有时间概念，那里没有钟点，没有钟表，有的只是早晨的太阳和傍晚的太阳。在那里，住一天，就似乎是几周；住一周，就似乎是一年了。

蒙古包所需建材全自草原取来，并能把对自然资源的消耗降到最低点。从某种角度讲，蒙古包是最环保的一种建筑类型，以下四方面可作明证：

一、蒙古包修筑不需土坯、砖瓦、钢筋，只需少量木料、毡子、皮条、装饰布。

二、蒙古包圆柱形屋身和钝锥形屋顶，可有效减少劲风阻力，便利积水下泻，减轻了负担，增强了稳定性。

三、通过加减"哈纳"（指采用柳条做成的菱形网状墙体，一块哈纳一般由四十多节直径两厘米多的小原木交叉组成，小原木每个交叉点上要穿孔，用皮条串接，可伸缩和弯曲）的数量，蒙古包可盖得或高或矮，或大或小。它科学的结构使其承重能力惊人，可均匀传递伞状包顶所受的巨压。据资料介绍，一座由五块哈纳组成的蒙古包，可承载一吨至两吨的重量。它看起来像玩具，却能应付蒙古高原恶劣的天气。

四、当蒙古包从夏营盘拆卸转移后，原址上不会留下废墟和疤痕，很快又会长出青草。

一个汉族读书人住到蒙古包里，就进入了"圆形气场"

近二十载，我一直痴迷蒙古草根文化，搜读蒙古文献史料，就是因该文化里隐藏着很多"闲散智慧"、"生态智慧"和"辩证智慧"。

一个汉族读书人住到蒙古包里，就进入了"圆形气场"，对直简、粗粝、务实、坚韧、博大、开放的蒙古文化，会有最切近的体验。

我想拥有一座"蒙古包书房"，在里头读书、酣眠，望包外的天空，听夜半的急雨，一推门就直接迈进了草原，满鼻子闻的都是花草、牛粪、炊烟的气味，没有一点儿二氧化硫、甲醛、汽车尾气的气味……

这当然是妄想，因我身陷城市，而蒙古包只能属于牧区。

我起居和做工的呼和浩特，像中国其他省会一样，由高楼、汽车和密集的人群构成，房屋全由钢筋水泥建造，蒙古包无法成为日常住宅。虽在宾馆、饭店、旅游景点也常可见到若干蒙古包，但几乎都是水泥底座、砖瓦结构，里面有土炕和新式暖气设备，是走了样、变了调的"现代版"，失掉了原汁原味。

限于时间和空间，到遥远牧区住游牧人的蒙古包，沐浴在草原的日光星光里，这样的机会毕竟很少。我的住宅在高楼顶层，附有阔大的露台，以后想占据露台一角，找来巧匠，采用内蒙古锡林郭勒盟正蓝旗蒙古包厂生产的蒙古包骨架、纯羊毛防寒毡、高级防水帆布等零部件，组装出一座哈纳十二块、直径十米的"传统木质结构"的蒙古包，包内布置成书房格局，书架上插满蒙古学、乡邦文献、考古、民族民间艺术、环境保护、沙草产业一类的画册、典籍、学术专著和传记，在奶茶、奶豆腐、烤羊排、烈性酒、马头琴、长调的陪伴下，读杂书，做考据，写短文，会良朋，"也是很有意思的事情"。

我会从民间淘一些清朝以来的勒勒车轮、马鞍子、马镫、蒙古箱子、首饰匣、彩绘方桌、锁、斗、奶桶、奶豆腐模子、巴布尔碗、酒囊等"古董级"器具，把它们与藏书混陈在一起。这些经过描金和浮雕的精致老物件，可复活蒙古民族的历史。

其中，我尤喜欢实木做的蒙古彩绘方桌，颜色鲜艳，桌面精绘龙凤、盘肠、云纹哈木尔、卷草纹等古典图案，别有装饰效果。用这样的方桌写字、喝茶、"伏案读书"或"掩卷沉思"，会激发出明朗的灵感。

另外，在"蒙古包书房"里消磨的时候，我也准备弃用钟表，按"太阳计时法"来安排一天的事务和流程，不急躁，不赶场，不熬夜，"日出而作，日落而息"，让太阳真正成为生活的向导和轴心。

一枝斋语

周音莹

不管是酷热难挡的暑期还是寒气逼人的隆冬，最怡然自得的，是盘礴书房，或读，或写，或坐，或倚。张岱的《陶庵梦忆》、李渔的《闲情偶寄》、张谦德的《瓶花谱》、扬之水的《终朝采蓝》……读的书里尽是些令眼光心神不忍稍移的古雅物事，阅读，悦读，页页生风，风曳清新，令人浑然不觉窗外风云。

张岱的书房叫"不二斋"，窗外几株高梧翠樾千重，几竿方竹潇潇洒洒，屋内图书四壁，石床竹几帷以纱幕，四季分别有建兰、蜡梅、芍药、秋菊伴读，主人身处书房自在惬意，一心在读，寒暑不思轻出，此概曰"不二"之故。穿越文字见斋见人，更懂得读书人的痴。

从扬之水的《终朝采蓝》里考证的名物，可见宋至明清，书房设置不在豪华，而重在清淡雅逸中见一份精致的情调。"归来重整旧生涯，潇洒柴桑处士家。草庵儿不用高和大，会清标岂在繁华? 纸糊窗, 柏木榻。挂一幅单条画, 供一枝得意花, 自烧香童子煎茶。"元人张贞居的散曲《水仙子》把简、淡、清、疏、逸、闲的书生形象刻画得极为生动, 反复诵读此曲, 默染于心!

笠翁李渔确是闲情之人, 整个身心附在书屋里, 不但写出朗朗上口的《笠翁对韵》来教习后人如何记住音律, 更是细致地罗列词曲、演习、声容、居室、器玩、饮馔、种植、颐养等种种生活经验于《闲情偶寄》一书中, 读书如见明清时期的文人们经营得分外艺术化的日常时光, 索然觉得当下俗人如蚁。

读书赏古, 环视身处之所在, 顿觉欣然。拥有此十来平方米的书房已四年。四年前装修之时, 窃以为书房中最重要的角色便是书桌, 其次是书橱。自己画了张书桌图, 特意让木匠以实木打制特大号书桌一张, 长一米八五, 宽一米一五, 重如磐石, 非四大汉合力不能起, 甚觉满意。桌中背靠背两只电脑, 与儿子东西各占一座; 桌北置笔墨纸砚, 兴起时捉笔蘸墨临帖几字, 虽拙劣不堪, 也是一番意趣; 桌南临阳台, 推门可见兰草葳蕤; 桌后书橱高立, 桌前学识养性。书桌如中流砥柱, 又如方舟一叶, 在时间的洪流里渡我, 做睿智而雅趣的事情。

索性学古人将书房称作书斋。斋, 更有简素的味道。若问斋名, 曰"一枝"。"一"者, 与张陶庵之"不二"仿佛, 可见独我之自然, 可见心迹之痴然; "一枝", 偶作笔名, 用于斋名, 合性情喜好，合诗情画意，合生活境遇，也算得附了风雅。张谦德的《瓶花谱》里说"一枝瓶"为书斋瓶花妙品，此乃极合我心思的话。书橱上摆放的正是只可插一枝的青花瓷瓶，栀子盛开的春日里，便浸在"清对一枝瓶，瓶枝一对清"的美妙中，这般香气缭绕的日子可作整年的回味。有段日子心血来潮，将"一枝"入画，迎春、海棠、玉兰、丁香……皆以素笔铅画，更得几许与斋名相符的雅趣。

在书房里凭着一台小电脑编辑《越览》和《越览文丛》，与各地的书友联络，按着真诚的心意搭起了理想中的一方书香平台。因此也有幸求得许绍满、骆恒光、王稼句三位先生题赠的"一枝斋"，扬之水先生赠的小楷《心经》亦摆到了书边，使得书房内的风雅颇有了些气场。

偶尔也取一些时间化开笔墨，沉迷到《兰亭序》的临摹，心静如镜，以求腕力长进；而更多时间是沉溺在书我相融的呆子状里，读到心意相通处，微笑甚而大笑；读到费解难懂处，喃喃不绝，反复玩味；读后必思如何写出观感，以疏通文字脉络，仿佛学生听课后向老师交一份作业，不敢懈怠马虎，更求笔力长进。

如此，日日聚精会神于小小书斋，真不觉时光遁去有何畏也！

【辑三】 书房小史

也算书房罢

白 磊

《仙经》记载，有种啃食书籍的虫子名为书蠹，亦称蠹鱼，而书蠹啃书的目标，就是"神仙"二字。据说书蠹吃到三次书中的"神仙"二字，即成神仙。如果啃的是乐谱，则化为鞠通。鞠通长在古琴里，古琴便会常常自鸣。如果啃到的是圣贤之书，那么书蠹就会化为玄灵，进入大脑控制人的思维，而如果书蠹吃到的是诲淫诲盗之书，则会化为无曹，进入人体后会使人纵欲暴虐。还好我没有太多圣贤之书，带"神仙"二字的书也不多，乐谱倒是有一些，可那都是小提琴乐谱，不知蠹是否懂得西洋乐器的演奏之法？

话头扯得有点远，还是说书房吧。我爱读书，但读的都是杂书，小时候常被大人斥责为"课外书"的那种，后来渐渐长大，又被人指为不看正经书，那么，正经的书是什么？三十岁后，逐渐开始有目标的读书，因为我对一九四九年后的中国现当代史极有兴趣，所以看的书大多围绕这个主题。书常买，读完后就放到母亲的书房，逐渐书架就不够用。后来结婚，暂居的斗室内恰好有一个大书柜，带玻璃门那种，刚好用来放书，下层的柜子则用来存放资料，柜子的横断很宽，可以里外放书，但这也经不住我买书的速度，自然很快也被我填满。所幸没多久就有了自己的房子。虽然是旧房子，且楼层高无电梯，但好在房间格局不错，除客厅外，南北各有一室，靠南边大些的房间就成了卧室，靠北小一些的房子自然就被我充作了书房。

我的书房中大多是所读所用之书，既无古籍，也无善本，新文学倒是买过几本，也是不入藏书家法眼的。十个两米六高的书架，一个放在阳台，摆放妻子音乐所用之书，一个摆在客厅，放一些期刊和党史资料及文史资料，所余八个书架悉数摆进了书房。按照党史传记、人物口述、一九四九年前后的个人口述史、民国史、共和国历史、独立知识分子、书信及日记的类别将书摆放好，剩下的几个书架则是小说、随笔、关于美食和书籍的书，宗教、陕西本地史料摆放两个书架，摄影、漫画、电影、书法、建筑、考古、手札及画册摆了两个书架，还有些精装大部头的画册和碑帖则搁到书架顶端，将空间填满。书籍归类摆放大致如此，查找用书时倒也方便，勉勉强强可称作书房罢。

我的书籍居多是自己多年所购买的，近几年有些虚名，于是也有诸位师友赠书，多以港台版书籍为主，有些还是著名历史学者的签名本，每翻阅此书，心中不免有些小小得意。书房中可以拿出来和书友吹牛炫耀的书不多，但总还是有那么几册。如民国二十四年（1935）商务图书馆印行的《最新世界地图集》，内有三十多页全彩地图，全书几乎全新，是我从某政府机关图书馆清理的库存书籍中淘得。这本地图集几乎从未被人翻动过，所以崭新到我初见时以为是七八十年代影印本。吉拉斯的《新阶级》也是罕见之书，经历过七十年代上山下乡的知识青年们，对他们思想有极大影响的几本书中就有这本，当时被称为最最反动的"灰皮书"之一。"灰皮书"版的《新阶级》我无缘见到，但这本也不差，是一九八一年香港译林出版社出版。去年受邀去香港中文大学做访问学者时，在中文大学校内一家学生开的二手书店淘得，品相也好，同时淘到的还有哈耶克著《到奴役之路》，内地翻译为《通往奴役之路》，所不同的是我淘到的这本是殷海光翻译，此书无出版年代，我推断是上世纪七十年代香港出版物。

至于签名本的《人生》《当代纪事》《灵与肉》，是路遥和张贤亮持赠母亲的，母亲转赠予我。丁聪先生的几本漫画集和陈荒煤先生的散文，则是我在北京读书时，经常去两位先生家叨扰。陈老在木樨地二十二号楼住，丁老在西三环边的昌运宫住，每出版新书，两位老人都会签名持赠予我。如今两位老先生已归道山，翻阅这些签名本时，也常常会想起他们宽容待我的音容笑貌。

小小的书房虽不大，但是我个人很是喜欢，有朋友来家，都喜欢在此小坐，品茗闲聊，也是快事，而每逢静夜，我在此读书写文章，或查阅资料，清茶一杯，读种种文字，心下澄明。此时明月当空，星辰灿烂，唯愿此时长久，到老不白头。

唯求尽情适意

迭 戈

我读书，向无远大理想，疏于笔耕，不求通达，唯求尽情适意。

记得小时候，父亲下放到农村改造，母亲带着我与哥哥来到一个小镇定居，住在一个新建的炉渣砖厂里。哥哥带着我在新建的厂房里，拾些废铜烂铁以及包裹电缆线的铅皮，换取零用钱。这些零用钱基本用来买小人书，偶尔也买点红姜解馋。买来的书，就装在一个小的木箱里，藏在床下。我们并不知大人的苦楚，在小小的天地里，倒也悠然自得。唯一的不快，就是回家看见门口被人贴的一副白对联，大致是"走资派、狗腿子"一类的文字，我从来不敢细读。

后来落实政策，父亲调回到郴州城里，一家人才开始过上正常的日子。

上世纪七十年代末期，当地新华书店开始供应一些外国名著。记得当时人们都是清晨开始排队购买，我有印象的就有《高老头》与《欧也妮·葛朗台》《一千零一夜》等。这些书是父母买来的，不给我们看，我们只有趁父母上班的时候，偷偷看上两页，虽不是很明白，但书中的插图，足够让我联想半天。我从没奢望过书房，只求能读一些好书而已。

长大后，在武汉求学，离开了父母，我才算一个"自由的人"，大城市的书店琳琅满目，我在一个书店一待就是几个小时，每本书都要隔着柜台看清楚书名，揣摩大概的内容，不知道为什么也会是那么的满足。

当时武汉最大的书店在武胜路口，周末，书店门前的水泥坪上，竟然有黑市书市。地摊上除了有我家收藏的四大名著外，出现了我从不知道的《红与黑》《俊友》《十日谈》……冒着被摊主责骂的风险，试着翻看一下，来满足我这颗好奇的心，要知道当时的黑市价格是五十元一本，而我每月的伙食费才不足八元。

家里每月给我四十元，除了生活费外，余下的钱基本用于买书，这样积累了不少。

平时我无打牌、看电视的嗜好。于读书，唯求尽情适意。书多了，往往有时找不到，而冷不丁又突然出现在你眼前，不知道是在藏书，还是书在"藏"。上次薛冰、朱晓剑老师来我家看书房，只觉不知从何看起。为此，我决定将书房瘦身，清除一些我看过、用处不大的书。同时搞两个书房,让书柜里的书一目了然。

我的书房也是随着书的增加,自然而然的到来,没有预谋,也没有刻意。一间书房装大陆出版的书,另一间书房装港台版文史类书,所收的类型虽然杂,但主要以近现代史料为主,收录以"三亲"(亲历、亲闻、亲见)文字为核心。至于海外一些捕风捉影、八卦时事的书,我是不屑一顾的。

我的书房,没有壁垒森严类似《四库全书》的大部头,也不见《曾国藩全集》《饮冰室文集》之类的阵容,那样我进书房会感到压抑,面对这些不会翻看的书会感到羞愧。我不想我的书房像个殿堂或者寺庙,时刻受着四大天王目视,我需要在我的天地里舒展,或闲读,或闲作。我需要能与我交流、给我解惑的书,毕竟我只是一个读自己想读的书,而不愿太苦闷的人。

以书为友,自然也结识了书友。陈子善、董宁文、周立民、彭国梁、舒凡等老师来到我书房指导,受益良多。子善、子聪老师问我书房斋号,我茫然不知,答:"也就是一个装书、看书的地方,没想过什么斋号。"子聪老师开玩笑说:"任理,认死理。"子善老师说:"对,你这个书斋就用'认死理'书斋做名号,别致、有性格,也不会跟别的书斋雷同。"

"死"是一个忌讳字,子聪老师说:"这个没关系,你可以用谐音代替,比如钱宾四(钱穆)的'四',或者用'史',反正所藏主要是史料类的。"

为此，我的好友任波兄大赞道："这个名字极其好，很有韵味。一般俗人，忌这个'死'字，而只有读书读得好、读得透者，才不怕死不惧死不畏死欢喜死。这个名字可谓具有魏晋之风骨，有酒与菊花之傲然淡然，妙。"

的确，对书我是满怀敬畏又充满好奇的，这是让我不断追寻、求索的动力。不求通达，唯求适意，也许是我与书之间最好的写照。

书屋何名

韩晓辉

书屋者，非徒书籍储存之所也，更因主人活动其间耳。活动之谓者，一曰读，一曰思，一曰写。"不动笔墨不读书"，"学而不思则罔，思而不学则殆"，"写作是别样的思考"，故知读、思、写三位一体，完美组合于书屋，宛如洪钟大吕，仿佛高山流水，自古及今，绵延不绝。"思接千载，视通万里"，南朝刘勰文心欲雕龙，可谓壮矣。"修身齐家治国平天下"，亚圣孟子继承至圣先师孔老夫子衣钵，赋予天下读书者至大之使命，可谓雄矣。张子之道，承先启后，"为天地立心，为生民立命，为往圣继绝学，为万世开太平"，树读书人理想标杆，可谓高哉。列阵陈寅恪先生坟茔前，"独立之精神，自由之思想"，可谓幸哉！

先哲已矣，然书屋之故事仍在续写，有"天地庐"，有"人境庐"，有"菊香"，有"三昧"，有"耕堂"，有"知堂"，有"饮冰室"，有"缘缘堂"，有"苦雨斋"，有"容安室"，有"蝈蝈居"，有"静虚村",有"积树居",有"梨花楼",其中不唯有书有诗有画有印,更有中华精神血脉之传承,与书屋相融于一体之主人非但走出了书本,走出了书屋,走向了广阔社会,更走向了全国全世界之舞台。描摹世态者有之,忧思不已者有之,呐喊梦醒者有之,指点江山者有之,概因书中不仅有爱恋情仇、文艺武术,更有包藏宇宙,经天纬地之大智慧,爱书家自可借以发展自己,改造环境。相较之下,余之书屋,犹天之壤也,山之谷也。书屋不仅窄小,而且设施欠缺,虽有书有书柜,却无必备之书桌,无辅助之电脑;虽有装裱经年的自撰家训,虽有杨栋老师法书的古帛书名句,却未能及时张挂;虽有毛笔砚台,却无书案,唯一支大床却可以卧读休息。内子谓,未理解的帛书句子,不可随便张挂。不甚急需之物什可缓添置,余唯唯而已。岂知,读书为余之理想追求,如其怒火难禁,一时撕焚,损失何其之大!待彼彻底理解读书之乐,两相谐和,共建书屋,岂不快哉!

于今,书屋依然二壁、一窗、一书柜、一床,余则读写于客厅、餐桌、茶几、云笔记间,徜徉于手机"两微"、博客、朋友圈里。创作虽然艰苦,阅读虽然匆忙,但圈子日渐扩大,知己不断增加,更有外地书友评论扬名,公众号微评精选推荐,不知觉间,小城内外文名日增,书屋之奇功在焉。

书屋欲名"两乐",盖主人乐于亲近大山,亦乐于流连河岸，于是请人制印一枚，钤于《情思》之上，分赠书友同好。于今，书屋不知该名之斋，抑或居，抑或馆，抑或楼，唯请诸君鉴之。然，不论题签如何，仅为余之读书窟也。"读万卷书，行万里路"，有读书之处，即余之读书窟。"世事洞明皆学问，人情练达即文章。"如此，读无字书之书屋又将何止千处万处，于是乎，书屋之名竟不重要起来。

唯愿天下人都能有一方读书之天地。

书柜成长史

冯传友

我的书柜成长史，就是我的阅读史，其实就是我的成长历程。

我把它分成两个大的发展阶段和五个分期，大的发展阶段就是少儿期和成年期；五个分期我是按人的成长期做比，那就是：幼儿期、童年期、少年期、青年期、壮年期五个阶段。

先说幼儿期。小的时候在乡下，我拥有过几本小人书，但那时年龄太小，还不懂得爱惜和保存自己的图书。那时我拥有的主要是《岳飞传》连环画，而且是完整的一套。五岁的时候，母亲带我去大连看望在大连港工作的大舅，这套《岳飞传》就是大舅送我的礼物。这套连环画连看带丢，到我入小学读书时，丢了一大半，仅剩下几本。

刚上小学时，在母亲的陪伴下，我在县城书店买过一本《一苗针》。这是一本很薄的小人书，讲的是一个被父母娇惯的孩子是如何从小的时候偷了一苗针受到母亲的夸奖,到长大后变成了真正的小偷的故事。这是我买到的第一本书,但是在母亲的陪伴下买的。我真正靠自己的力量独立购买的,是在县城书店买到的《凯旋号起义》。这是我用采集的草药所卖的钱,自己和小伙伴跑到书店买的,而且在小学即将毕业时带到了包头,后来也借丢了。这时候,我那不多的几本小人书所摆放的地方,是家里桌子的一个抽屉。里边还有我从小学一年级到六年级的课本。我把它称为幼儿期。因为这时什么也不懂,看书完全是为了好玩儿。

童年期。我真正拥有自己的藏书,还应该是进城以后。

我至今也不明白,没文化的父亲为何会拥有一小箱子图书。我来到父亲身边后,这一小箱子图书的主权就归我了。说父亲没文化,也不完全准确,他是不会写字,却认识一些字,可以看一般的读物。据他说是在部队的时候学的,行军时,前边的战士背上背着一块写有字的板子,后边的战士边走边念,就这样,学习了几百字。这个书箱里边不仅有《闹花灯》《瓦岗寨》等说唱,还有新式小说,比如《老共青团员》《把一切献给党》《保密局的枪声》等,还有翻译小说,比如《海鸥》。古典小说有一本破烂的《三国演义》,还仅仅是上册。这里边我最喜欢的是《闹花灯》和《瓦岗寨》,还有《老共青团员》《保密局的枪声》。我知道和敬佩山东好汉秦琼，就是从这时候开始的。

来到包头有将近一年的时间上不了学，就在家里看这些书，赶等到我好不容易转了学后，我这点儿从书上看来的故事，就成了我在小伙伴面前显摆的资本。他们经常让我讲秦琼、尉迟恭、程咬金。我那浓重的胶东口音，他们是半懂不懂，所以好多地方我还要反复讲，反复解释。我"小山东"的绰号，就是这时得来的，而且一直被周围的人们叫到初中。这个书箱子，应该是我书柜的雏形，我把它称为我书柜成长史的童年期。

少年期。上初中以后，父母每月给两元的零花钱。有时候我花上五分钱买个焙子做早点，有时候花上二分钱买个羊蹄解解馋，更多的时候，是到位于白云路的昆区新华书店买书。那时"文革"还没有结束，书店没有什么书，进去后几乎是一片红海洋。就是在这红海洋里，我用八分钱买过六十四开本的《毛泽东诗词》，还买过草书《毛泽东诗词三十七首》。再后来，浩然的书陆续出来了，我先后买到的有《艳阳天》一、二、三卷，《春歌集》，《金光大道》卷一、卷二，《西沙儿女》等，其他还买过《闪闪的红星》《向阳院的故事》，以及张永枚、李瑛、石祥、李学鳌等人的诗集。这里值得一提的是，这个时期我买到了本市作家许淇先生的第一本散文集《一盏矿灯》、诗人纪征民和王维章的长诗《广阔天地进军歌》。这两本书让我知道了我的身边就有作家。

书不断地在增多。开始我把新增的书放在炕头，可到了冬天不行，炕头太热了，书吃不消。我把它们转到了里屋姐姐卧室门框的顶部，在那里吊了一块板，还是不够用。父亲就从单位拿回来一个阿尔巴尼亚的香烟箱子，这个香烟箱子是扁的，我在中间担上三层横隔板，就成了一个小书架。后来父亲又拿回来一个茶叶箱子。这两箱一架我称为少年期。它们伴随了我的少年时代，伴着我步入青年时代，见证了我无忧无虑的最美好的读书时光。这个时期我除了读自己的藏书外，还大量借阅了中外优秀图书，中国现当代小说如：《林海雪原》《青春之歌》《火种》《野火春风斗古城》《小城春秋》《红旗谱》《播火记》《烈火金刚》《三家巷》《家》《春》《秋》《茫茫的草原》《草原烽火》《红路》等；古典小说则有《西游记》《水浒传》《水浒后传》《三国演义》《聊斋志异》以及"三言二拍"等；翻译小说则有《基督山恩仇记》《笑面人》《贝姨》《巴黎圣母院》等；诗歌则有《海涅诗选》《普希金诗选》《李白诗选》《杜甫诗选》《女神》《我迎着阳光》《红柳集》《琴泉》等，这后四本，我还一笔一画全部手抄了下来。我至今喜欢读诗，是与这时养成的读诗习惯分不开的。

以上总括为少儿期。

青年期。成家后，我借住在同学家的小屋，地方狭窄，无处摆放书箱和书柜，原来的两箱一架书仍然放在母亲那里，新买的书则放进了结婚时打的立柜。一年后，我搬到了单位的一间办公室居住。地方宽敞了，我决定打一个真正的书柜，把散居各处的图书集中起来。这是一个半封闭的书柜，两米高，一米二宽，下面三格带门，上边四格安装的是推拉玻璃，可容纳近千本书。这时，改革开放已经开始，各类图书得到解放，我经常到书店或排队或拥挤着购买那些以前只能听说而无缘见面的经典，也把自己书箱里的物理、数学等还没有来得及再版的教科书拿到书店门口和人交换再版的文学名著，渐渐地，这个书柜也满了。这是我拥有的第一个真正的书柜，它陪伴了我整整二十年。这个时期，我购阅了大量的中外名著，如《静静的顿河》《战争与和平》《安娜卡列尼娜》《复活》《大卫·科波菲尔》《契诃夫小说选》（二十七册）以及《莎士比亚戏剧集》等几十部翻译作品，春风文艺出版社的《明清小说选辑》几十部，《古典小说百部》，我根据中国青年出版社的《中国古典文学作品题解》提供的书目，逐一购买，基本齐备。

这时，应该是青年期的前期，也是我购藏古今中外名著的鼎盛时期。

属于青年期后期的还有两个书柜。那是我在办公室居住了十年以后，改革开放迅猛发展，各单位开始建设楼房住宅，在领导的关心下，我得以分到一套两居室的房子。我把这个书柜摆进了儿子的卧室，同时又新打了两个两米六高、一米一宽的书柜，把三个书柜摆在了一起，整整一堵墙。在这三个书柜下面，我读书，写公文，涂抹习作。儿子则写作业，翻闲书，伴随着图书一起成长，直到十六岁到南方读大学。

壮年期。本世纪初，我乔迁新居。在选户型时，我选了一套三居室，虽然面积不大，但房间多，为的就是可以设置一间书房，实现我多年的书房梦。我淘汰了跟随我十几年的三个书柜，按新居房屋的尺寸新打了几个书柜，客厅迎门一堵墙四个，书房西墙三个。渐渐地，沙发上，床头柜上，窗台上，又摆满了。无奈，在搬进新居的第三年又在书房东墙打了四个书柜。随着时间的推移，客厅、书房的书柜也放不下了，就在母亲生前居住的阳面小屋又定做了两个同样是里外两层的书柜。

二〇一五年初冬，我借分户供暖搬动书柜之机，对全部十三组书柜的图书重新进行了大致的分类摆放：

客厅柜一：金融类、饮食文化类、中国现当代诗歌类。

客厅柜二：现当代文学个人集、传记、小说、社科类。

客厅柜三：现当代文学、经史子集。

客厅柜四：经史子集、翻译作品。

书房西墙柜一：书话类。

书房西墙柜二：杂史类、鲁迅、书目类。

书房西墙柜三：工具书、港台版图书。

书房东墙柜一：萧乾、文洁若、曹聚仁、孙犁、韩石山等作家的专柜。

书房东墙柜二：工具书、毛边书。

书房东墙柜三、柜四：书话类。

阳面小屋柜一：地方与民族史料。

阳面小屋柜二：戏曲影视和民间读书刊物。

各个柜顶：画册、影集、报纸合订本、杂志、箱装个人专集。

这样的归类虽然不是太科学，但总算有了一个大致的分类，使用起来方便得多了。

截至目前，这万余册图书除文史的基本名著、常用工具书大体齐备外，在某些品类上也形成了自己的特色，比如：关于书的书，三个书柜两千余册；地方史志和民族史料，一个书柜近千册；近百种各类行业史；地方戏曲二人台四套大部头专著（《中国二人台艺术通典》《二人台山曲经典》《二人台文化艺术研究》《中国二人台典藏》）；本市作家作品数百部。另外，各类工具书也多达二三百部，饮食文化类二三百册，还有数十册酒书。这里边虽然没有珍本秘籍，却是我视如生命不可或缺的宝贝。

我每天在书丛里读书、写作、编稿、上网。累了，就在各排书柜前巡视，好比一位将军在检阅自己的士兵，也好比帝王在审视自己后宫的佳丽，更好比面对众多的师友，默默地相互对视着，以求心灵的沟通。这时，心里那个舒坦劲，真是用言语无法形容的，可比喝两口茅台爽多啦！

从书架到书房

兰祁峰

我从没想过自己会有书房，以前也没有所谓的"藏书"。那时的我不爱读书。

直到上了大学，念的是中文系，见隔壁宿舍一同学隔三岔五地从外面拎包书往回冲，我忍不住好奇，问他这些新旧不一的书的来历，他告诉我在旧书市淘的。末了，还不忘加一句：价格便宜得很。我就冲着他这句话，决定跟他去看看，从此一发不可收。但会买的书也不过是《巴金散文》《契诃夫小说选》之类，对于一个依靠助学贷款念完大学的师范生来说，选书的标准自然出奇的简单：一、名家作品；二、价格低廉。所以偶尔碰到一本五十年代的《阴谋与爱情》，或一册八十年代王季思校注的竖排本《西厢记》，得知只需几块钱，竟激动不已！后来知道这些不过是极普通的书。

无论如何，书是不断地增加起来了，并很快挤满宿舍床头附搭的一个小书架。再往后，就过起与书同眠的日子。临近毕业，一直不知道自己的去向，却在那些苦心搜来的几百本书里悄悄戳上一个"祁峰藏书"的蹩脚印章。事后想想，不免觉得迂。

毕业头一年，我去了海南。这其中一部分书也跟着我漂洋过海。由于住处条件简陋，连个柜子也没有，它们的命运只能是被我随意堆在靠窗的桌子上。海南的日光强烈，没过多久，我的《周作人散文选》便连同其他一些书的封面一起变得惨白。

年底我即辞去工作，带着几分失落回到了湖南。身为无业游民的我，暂时寄居亲戚家中。一段时间里，找工作既四处碰壁，便干脆将之前攒下的那点钱从孔网上换了自己喜欢的书回来，一个人在夜里孤独地读着。一堆八十年代中华书局重印的"丛书集成初编"的小册子，就是这么蚂蚁搬家式地聚拢来的。

好在不久雨过天晴，我从此落脚株洲。有了相对稳定的经济来源，买书随即变得肆无忌惮。湘天桥的读者书屋和王氏旧书店，我几乎每周必去，同时还不停在孔网下单。但我依旧住着学生宿舍的铁架床，连半个书架也没有。结果可想而知，我的床头床尾床上床下全部被书侵占，那套《川端康成十卷集》就这样每天放在枕边。

二〇一〇年，我终于搬到校外与人合租，有了一个二十来平的独立空间。望着那一排排只能整日横七竖八地"睡地板"的书们，内心第一次觉得愧对这些患难兄弟。

一次偶然的机遇，我从住处附近的旧货市场物色到两个旧书架，灰色实木，每架八格，纵深正好容下一本十六开的书。老板开价七十元一个。我二话没说，赶紧叫车装回家。当天即把它们塞得满满当当，并在空间里发帖，以示庆贺。不久，我又从那儿淘回一张写字桌，正对床尾。自此，晚上下班或周末在家，流连书架前，随意抽出本书看上几页，又或者坐下来写几个字，心里头觉得踏实舒坦。

可这能叫书房吗？充其量，像某些先生所说，亦不过一"多功能厅"罢了。

在此期间，我的书还在加速膨胀。某天，我从一朋友那得知他单位图书室正处理旧书，且无论厚薄，白菜价钱——一元一本。我和妻子连夜用麻袋装回两三百本，这其中包括岳麓社的《知堂书话》、精装的《苦茶随笔·苦竹杂记·风雨谈》、三本未翻阅过的三联老版《北京鸽哨》，以及不少港台版的文史类书籍。又有一回，借着在邵阳参加"国培"的机会，我蹲遍了当地魏源文化市场的各个角落，最后以发物流的方式运回《鲁迅全集》《左宗棠全集》《钱牧斋全集》等各类旧书好几百册。这样一来，许多书又只能被堆在地上了。

到二〇一二年好不容易有了自己的一套二手房，我的书早已超过三千册。房子在八楼，顶层，没有电梯。换成别的东西，要肩扛手提地搬这么多，我肯定不愿意，但搬完这些书，再怎么两腿发软，汗流浃背，我也不觉得累。

说来你也许不信，我之所以选中这老高的房子，正是因为其中一间有一列现成的实木书橱，大约可容纳一两千册书。同时，靠窗是一列长长的写字台，只需买个书立，又可以摆下上百本书。将就将就，便是我理想中书房的样子。凭我当时的经济力量，错过了它，我知道自己会后悔。

每每翻阅董宁文先生编的《我的书房》，总感叹于那么多的硕学名儒得一安身立命的书房之难，难怪流沙河先生要在序言里激愤地说："什么书房，我诅咒它！"回想自己一路聚书成屋的经历，作为年轻人，只该感恩命运对己不薄，让我在而立之年即有一间足以抵挡世俗烦忧，畅游古今的书房。我也感谢自己，这辈子爱上了读书。

书房无故事

蓝紫木槿

闺蜜去宜家买了两座灯。她自己一个,放在她的书桌上。她说在那样漂亮的灯下看书画画多好啊!另一个灯送我了,樱花床头灯,圆圆的乳白色的灯罩上面描着几朵淡淡的樱花,打开灯,灯光柔和而清亮,靠在床头就着这倾洒的灯光,读几页书,这样的夜晚别提有多丰富而美好了!

还在读书求学时就开始不断买书,但毕业工作那几年居无定所,书也丢失了不少。结婚后稍微安定下来,就给自己设计了一个小书房,只有一个靠墙的书架,说是书房,其实更主要的功能还是餐厅。那些年趴在餐桌上倒是也读了不少书,不过大多数都是准备考研,而不带任何功利、实用色彩的阅读还是在床上。也不知道从什么时候开始养成的习惯,每晚睡前必须得读上一会儿的书,否则那一天好像就白过了。

书越来越多,换了一个房子后,楼上的阁楼被辟出来单独做了书房。阁楼面积不大，带尖顶的，沿着墙壁做了几个书架，放了两张躺椅，偶尔会躺在躺椅上读书，但这样的时候很少，我还是很喜欢将想读的书搬到楼下，随处散放。书还是越来越多了起来，阁楼小书房也明显不够存放了，于是卧室、客厅、餐厅等地方也陆陆续续摆放着好几个简易的书架，上面也渐渐地摆满了书，搞得好像整个家就像是一个混乱不堪的书房了！

又换了一个房子之后，这一次楼上阁楼面积比较大，于是在装修的时候，和设计师说了，楼上靠墙的位置能做书架的统统做成贴墙的书架。待新房装修完毕，就是一次痛苦的搬书过程。好在有在图书馆工作的便利，向馆里借了十来个运书的大箱子，装箱，请搬家队搬，然后再上架。这个过程虽然耗费精力和时间，但也是一个充满了愉悦的过程，很充实，感觉自己像是一个大富翁似的。新书房有书桌，有靠椅，有电脑，有打印机，但我依然不习惯正襟危坐地在那儿读书，读书对我来说一向是兴之所至，很随意随性的事情，于是乎，楼下的客厅、餐厅、卧室等又到处散乱地放了很多书。

大多数拥有书房的人，书房或者是他们读书工作的场所，或者是他们在外忙碌一天之后回归内心世界的心灵休憩之所，他们在书房里神游万里思接千载，在书本的世界里激扬文字指点江山品评千古人物。书房对他们来说是摆脱庸常，进入精神世界的一个神圣的地方，在那里他们畅游在文字的世界，哪怕就是在仅仅书房里发呆，那种发呆也具有思想性。所以他们看似平静的书房充满了张力和动感。而我的书房则是真正的静，因为我既不在那儿读书也不在那儿发呆，只有在找书放书或者整理书的时候，我才去书房转悠一下，打开书橱门，看着书架上济济的书，内心充满无法言说的幸福感。书房对我来说，仅止于此。所以我的书房没有故事发生，而我明白，我在哪里，哪里就是书房，阅读无处不在！

飘来飘去的书

王国华

　　一个读书人，住过多少个房子，就有多少个书房。

　　我在大学期间攒了一些书。那时候，只要兜里有点钱，除了买书还是买书。读是一种需要，但占有欲更是一种需要。如果仅仅是读，每天从图书馆里借的书就足够了；而把某些心仪的书籍买回来，放在自己的书架上，却是挥之不去的情结。那时的"书房"，只是一条小小的木板，搭在自己的铺位上。一排书，从床头排到床尾。其他的书，只能被装进纸箱里，放在铺位下面。一个寝室八个铺位，能有这么一点空间放自己的书，已经不错了。

　　步入社会以后，先是租房子。没有单独的书房，卧室就是书房。所有的书都被装进纸箱里，准备随时挪窝。这样漂泊了几年，到了二〇〇一年，搬进了新家，在小卧室里特意打了一个书架，直接嵌入墙壁中。我以为自己的书很多，谁知那些漂泊的书往架上一放，居然没放满。其实那个书架并不大，只有三排。这么看来，我原先有点自以为是了。厚重的几箱书搬来搬去，搞得我很疲惫；另外，跟周围的人比起来，或许书的数量的确不少，便想当然地自傲起来。其实满不是那么回事。那些书摆在空荡荡的书架上，一直到二〇〇五年都没怎么增多。

大概从二〇〇五年末开始，我像突然开了窍一样，发疯般地买书、读书和写作。书架上的书很快就满了，然后蔓延到地上，堆在桌子旁、床边，乃至地板上。也是这时我才发现，书这种东西，仿佛蛰伏的春笋，给它一点雨水就会疯长起来。

因此，二〇〇七年七月，我第二次搬入新家前做了充分准备，在卧室里打了一个很大的书架，几乎直达屋顶，每层可放两摞书。床也是自己打的，由几块木板组成，中空，床下可以放很多书。另做了个小巧的床头柜，柜子上可以摆放最近几天要看的书。卧室就是书房，书房就是卧室。我从没想过要专设一个书房。书房只是个放书的地方，读书还要在卧室。在我眼里，读书写作跟吃饭睡觉差不多，都是要让我放松和快乐的。让我坐在一个专门的屋子里，正襟危坐地读书，想想总有一种事儿事儿的感觉。我喜欢卧读。枕边始终摆着几本书，随时拿起来读，读累了就沉沉睡去。这样的睡眠是自然和踏实的。

这些书来历多样。其中一部分是自己买的，多数淘自旧书市。它们都被我摩挲过，令我犹疑过。买还是不买，这是个问题。钱虽不多，但选书体现的是一个人的口味，若买来后发现不合胃口，岂不懊恼？一旦决定买了，又如同新婚一样，激动一小阵儿。还有一部分是文友赠送的。凡有签名者，我都认真留着，并专门拿一个书架保存之。有些书即使在我看来写得不够好，我依然在书架上给它留出一席之地。读书明德，此为尊重他人。为净化书架，我几乎每年都淘汰一批书，但自购书和朋友赠书的淘汰率很低。还有一部分书是出版社或者图书公司赠送的，有的让我写书评，有的让我提意见，有的就是为了给我读读。这类书中很少碰到真正喜欢的，但也不是一本没有。偶有正想买的书，出版社却寄过来了，心中便充满惺惺惜惜惺惺之感。

图书日复一日增多，我又买了两组书柜，一组放在客厅里，一组放在女儿的屋子里。不过感觉是杯水车薪，没放几本，马上又满了。买书一旦疯狂，任谁都挡不住。

没事的时候，我会一一打量这些书，抽出一本，放进去；再抽出一本，翻几页，仿佛回望自己一步步走过来的路程。这里面汇集了我各个成长时期的书，折射出我曾经的阅读兴味和写作方向。比如，我在大学期间搜集的主要是外国文学和哲学，像茨威格、米兰·昆德拉、叔本华、萨特、尼采等，尼采的书我几乎都买齐了。其时我像啃石头一样啃了几本，但大多数啃不动。本想保存起来以备今后查阅，其实此后再没翻过。不过，这些囫囵吞枣咽下的东西，奠定了我的价值底色，够我反刍一辈子，每反刍一次都有巨大的收获。大学毕业后的最初几年，给报刊写点小豆腐块儿换钱，因此着实买了一些心灵鸡汤之类的大路货。本属凑热闹，但也写出一点小名气。我不能否定自己那段时间的阅读兴趣和写出的作品，那些文字虽稚拙，但也是我用心血熬成的，是我的真实存在。二〇〇五年后，心灵自由，生活自由，阅读自由，写作亦自由，购书回归人文社科，多是地理、文史、书评书话之类。譬如上海古籍出版社的那套《历代笔记小说大观》，简直是"皇上他妈——太厚（太后）"，捧在手里，喜悦之情油然而生。如果那时候中央电视台的记者问我一句"幸福吗"，我会很二地告诉他，"我幸福"。

然而，这个"书房"仅仅存在五年有余。二〇一三年初，我们全家从长春移居深圳。妻子整理家中物品，打包托运过来。整整四十六箱，而我的那些书就占了四十箱。家在哪里，书就在哪里；书在哪里，书房就在哪里。尽管如此，临行前，我还是让女儿给书架们拍了几张照。

这些书，和家人一样，随我辗转南北，已经成为我生命中的一部分。有朋友说，如果把这些书扫描一下，估计一个U盘就够了。我说，这是两码事。书，只有拿在手里，闻着墨香，才能叫作书。我原先总以为万物虽有定数，书籍永不消失，但现在我有点悲观了。电商取代实体零售业似乎指日可待，电子书取代纸质书还会远吗？我很悲情地想，就让我这个曾经叛逆、曾经另类的人抱残守缺一次吧，只是为了这些书，为了这些飘来飘去的书。

从无到有，从有到无

谭宗远

打我记事起，北京城里的住房就不松快，我们这条胡同的院子里，是房子差不多都住着人，空闲的房子很少。到我们这代快速成长起来后，住房就更趋紧张，我二十五岁结婚，一间不到十平方米的婚房，还是老父跑了无数次房管所，磨破了嘴皮子才要下来的。我还算是幸运的，不少人连这么一个窝都没有，结了婚只能和父母挤在一起，要多不方便有多不方便。

从有了这间房起，我又搬了几次家，先平房后楼房，面积虽说一次比一次改善，但每一处都不大，最大的也不过一室一厅，多时住四口人（我们三口加上老母亲），仍很拥挤。这一阶段，房子的功能在我非常单一，就是栖身。在四堵墙和屋顶的遮蔽下，飘风骤雪、炎炎烈日奈何不了我，我尽可高枕无忧，可舒适也谈不上，书房更是连想都不敢想的天外之物。

　　这个时候，我已经是个文学青年，业余喜欢投投稿。我那些小文章，就是在这样局促的住房里写的。我不像一些记者那样有本事，不管旁边多吵，都能排除干扰，写出文稿。我不行，虽然文章不怎么地，但毛病却挺大，边上有人就写不了东西。我的文章，都是家人不在或睡着了以后写的。写的地方也不见得是在饭桌上，床上、凳子上，甚至沙发扶手上都写过，只要下面垫一本书就齐活。记得有一天，我在床上一气儿写了四篇千字文，都发表了，创了我"写作"的最高纪录。现在看，这些文章没几篇过得去的，大都可归入垃圾一类，值得夸口的是我那时的干劲，真是年少气盛，一往无前——怎么就不知道累呢？

　　三十四岁上，我很幸运地有了一套七十多平方米的小三居，当时曾欣喜地写过一篇小文，有一段说："新居还没有住过人，面积虽不敢说多么大，但住四口毫无问题。我计划稍加收拾就搬过去。过去我常说，最大的心愿是有地方放书，现在不光这个心愿可以实现，写点什么还可以躲避干扰，独占一室，这是最令人欣慰的。我迎接这一天的到来，并且以老杜的'安得广厦千万间，大庇天下寒士俱欢颜，风雨不动安如山'，祝祷蜗居里的人们都有个理想的栖身之所，再不要为住房发愁了。"

　　此处所谓"独占一室"，就是书房了。这个在心里头一直遥

不可及的奢望，终于近在眼前了，我真有些欢喜莫名。但实际
上，这个书房只实现了一半。除了几个书柜和靠窗一个写字台算
是书房的陈设，电视机也摆了进来，还有几柜子书进不来，只好
摆在过道和主卧室。原因是我不可能独占一间，一家人还要生
活，小我必须服从大我，总不能为了一己私利，不顾别人死活。
这样，我这间书房，每到晚上就成了看电视剧、看动物世界的场
所，我要干点什么，只有到别的房间去。但白天，这间屋是绝对
属于我的，我可以在这儿找书翻书，写我的狗屁文章，骗一点稿
费（我的工作基本不用坐班）。后来，换笔成风，我也追随其后，
买了台电脑。考虑和电视放在同一间屋会互相干扰，就放在了母
亲房间，这样，即使母亲睡了，我也可以在电脑前干活，不会影
响老人家休息。我也就退出了那半个书房，把电脑前的尺幅之
地，当成了书房。

　　母亲去世后，这间屋归了儿子，我仍在电脑前干活。再后
来，电脑坏了、卖了，没有置办新的，用单位电脑写稿。再后来，
又搬了一次家，才买了台新电脑，我也才正经有了间真正属于
我的、可以读可以写还可以休息的书房（当然，大部分书放不进
来，还是要摆在门厅）。书房内计有：电脑和电脑桌各一，圈椅
一，书柜二，书架一，床头柜一，床一。床是双层的，上层放着母
亲留下的两口衣箱。墙上没有字画，更无堂号，只挂着一个电子

表，以及一张我们在澳大利亚演出时，当地印制的节目单。在寸土寸金、房价腾贵的北京，有此一间斗室做书房，真该感谢真主安拉了。

然而，可惜的是，书房有了，年轻时的干劲却没了。对书的热情减退了，虽然每天还离不开书，但鲜有从头看到尾的时候，有时看几页就觉无趣，再也不碰这书了。精力也渐觉不济，捧起书就打哈欠，勉强看两页，字迹越来越模糊，两滴浊泪从老眼渗出，终于打熬不住，抛开书本，摘下花镜，进入黑甜乡。故此一本能看下去的书，也看得很慢，希腊小说《红房子的秘密》，不过九万多字，竟断续看了一星期。写东西的兴趣也淡了，常常是脑子里冒出个可写的题目，却提不起写的兴致，一放就放凉了，过几天连影子都忘光了。新电脑对我来说，只成了编稿改稿的工具（我还编着一本小杂志），与外界书友沟通的工具，探寻外面发生了什么事情的工具，看老电影听老歌的工具，写文章的任务基本上不承担了。

其所以发生这个变化，原因有两个：一是自觉年龄大了，越来越明白"神马都是浮云"，一辈子好强，不过尔尔，何必再努力呢？还是"放下即实地"，随遇而安、适可而止为上；二是自己那点小见闻小感想，写出来也没大意思，印出来的价值更不大，不如省些精力，听听歌、喝喝茶、发发呆为是。不敢说我将来的人生就抱定这个态度度过，不再更改了，但近期内是打算就这么过下去，不再进取，也不想写什么了。

　　以上云云，是我的书房从无到有，我的信念从有到无的过程，这只是一个简单的自述，但也已经写得太长了。

书房梦成记

王 志

蒋彝《伦敦画记》中《谈书籍》一文中说道：说到书，我对伦敦人只有无限敬意。我留意，大多数人走在街上时，腋下夹着书，他们还在巴士、火车、地铁内看书。我参观过许多朋友的房子，无论有钱没钱，几乎每个人都有个类似书房的房间。

拥有自己心爱的书房，应该是每个爱书人的梦想吧，当然，自己也是早有这个梦想的。

"读书无禁区"。开始时，虽有书读了，但祖孙三辈一大家子人住在一起，如果谁家能单个人自己有单独卧室就很不错了，就算是宽敞的家庭了，更不用说有书房了。书房可说是想都不敢想的事，只好有一个摆放到桌子上的木制小小书架而已，书也不敢多买，没有地方放的。

后来结婚了，和妻子在外租房住，租了个两居室，立即买了一个简陋的双开门小书柜，算是有地方摆放书了，虽然当时书很少，也高兴了一阵子，终于可以放心地买书回家了。

后来自己买了房子，虽然是旧格局，有三间屋，但也有了女儿，还有父母同住，故还是没有属于自己的书房。

再后来，父母又买了房子搬走另住了，除去女儿的房间，才算有了一个单独的小房间做书房，也马上将原先的简陋的双开门小书柜给了女儿用，放到了女儿房间，女儿也喜欢书，总是同我抢书。

而自己呢，马上逛家具店，挑选，讨价还价，买了一个双开门的实木书柜，过了一段时间，又买了一个，再过了一段时间，又买了一个，三个书柜摆满了东侧一面墙。书终于可以摆放开了，看着心情真好。但好景不长，买书比买书柜省事，比买书柜省钱，比买书柜方便，书又多了起来，书柜又不够用了，就又买了一个三开门的，放在对面占了西侧少半面墙。

可还是不够用，只好将一些书放入纸壳箱中收起。还不够，又去那家家具店，没有同款书柜了，只好又买一个相似款式的双开门书柜，终于将北屋打造成了全是书柜的书房。还好，靠北窗可以放张桌子，放把椅子。

但书还是多，现在，壁橱里，自己房间的床底下，女儿房间的床底下，也都是放书的纸壳箱。

有了书房，就要附庸风雅，起个书房名。自己都是闲时看闲书，也没有高深学问或珍籍秘本，只有一些平常之闲书，就起了一个名字叫"闲书堂"。有了名字，还想有名家题写的匾额，蒙各位大家的不弃抬爱和自己的厚脸皮，求得了几幅书房名的墨宝，现在有王稼句先生、韩石山先生、林公武先生等大家题写的"闲书堂"墨宝，还有侯军、李福眠、自牧、吴浩然、罗云、黄岳年、杨栋等先生等题写的与书相关的墨宝。

我最早拥有的书，是毛选、马恩列斯著作、鲁迅著作，后来是父亲的专业书。我的专业书，当废品处理了很多，现在这些书没有几本了。连环画当初亦有很多，但不知道保存，现在还有很多连环画，是妻子家存下来的，对收藏家来说，品相都不算好，聊胜于无吧。自己有了书房书柜以后，开始买新书，淘旧书，实话实说，虽然书柜里摆满了书，但没有线装古籍、没有民国珍本，只是自己喜欢读书，只有一些平常之闲书，平时喜欢逛旧书摊，旧书买了一些，经过淘弄，散文多些，小说也有，杂志创刊号（常见的）也有。蒙师友抬爱，签名本倒是也有一些，也还有一些毛边本，一些内部出版限量本或个人自印本算比较珍贵了，但比真正的藏书家爱书人，差远了，没法比。

现在经常下决心，不买书了，因为现有的书还未读完，读书的速度总也追不上买书的速度，但一看到有些书，就又要破戒，没办法。

曾读过名家写自己书房的文章，高山仰止而已。而我自己的书房呢，虽然简陋，但在书房里，看看书柜里排排的书，是一种享受；将这本书摆到这儿，将另一本书重新摆放，来回折腾，还是一种享受。

虽然书房是简陋的，但有了总比没有好，虽然没有珍本秘籍，但有书总比没书好，因而心理上就有了炫耀显摆的想法，就希望有书友来参观，故而也接待过本地外地的书友。

亟待整理

——也说我的书房

周立民

古苍梧的《旧笺》，我明明记得买过，就是找不到。

放当代小说的书架没有，放港台书的地方没有，另外的住处书架也没有。难道没买？我对自己的记性越来越没有信心。在书店里几次碰到此书，我都在考虑是否再买一本，又不甘心地提醒自己：明明……直到最近，找一本什么书，发现它静静地躺在放王安忆书的那一格里。我万万想不到它与王安忆的关系，马上又恍然大悟：这书是与王安忆的《剑桥的星空》一起买的，放王安忆书时，发现书架的隔板有些弯了，而把《旧笺》塞进去，正好！它的命运就是这么莫名其妙地被决定了。

据说丁聪称自己的书房为"山海居"，现实却是对这个充满诗意名字的反动："山"指书房里乱，书堆得像山；"海"是在这里找东西像大海捞针一样难。我也常常陷入这样的困境，又是仰望，又是跪爬，百思不得其解，且念念有词"放哪儿了呢"。上海，冬无暖气、夏靠空调，冬天半夜里出来，或者遭逢三十五度以上的炎夏，找书都是活生生的革命考验。而这时，上穷碧落下黄泉，要找的书都不见，那可是革命者进了敌人的监狱。

我的书也不是乱放的，都是有分类的，比如客厅里放大套的文集，书房里放研究类的学术书、工具书，小书房放史料、当代文学作品，卧室里放近期看的，储藏室里放不大看的，每一部分也都有门有户，不至于让书找不到家门。可是，房屋建设规划永远跟不上人口增长的速度。几年工夫，一本书的爸爸爷爷（以前的老版本）、兄弟儿子都会凑到一起来。比如张承志，我本来只有一些他作品的单行本，去年一套文集搬回来，房屋就拥挤了。何其芳，文集之外有了全集。鲁迅，已经够显赫的位置给他了，而且我所有放书的屋子，都有鲁迅的书。可是，这个家族的繁衍速度实在太快，《鲁迅手稿丛编》《鲁迅藏外国版画全集》，都是成箱的套书，这已经不是挤一挤或打个地铺的问题了，只好让它们暂时流浪客厅。过去，我只买过一些《雅舍小品》之类的梁实秋的散文——因为我不大喜欢这个人——但去年夏天研究需要，又遇打折，把以前没有买的十五卷《梁实秋文集》搬了回来，这超生的人口哪有房子啊，只好委屈鲁老夫子，这套书就堆在《鲁迅手稿丛编》上面了。

很多书没有看完，也不能放它回家，我得找个宾馆给它们住着。按亲疏关系，关系好的，就跟我同床共枕了，再次一点，是我的床头柜上、卧室的橱上。关系一般的，堆书房的桌上，书房的地上也有一堆堆临时来开会的，都是我为了某个专题阅读而从各处喊来的。还有东一堆西一撂是从各地带回的：北京的、广州的、旧书店的，基本上也堆在书房、客厅的地上等着我约谈。这么一看，的确是有点乱，我总是很惭愧地说，需要整理，得整理，必须整理！大套书目标明显，放在哪里都一目了然，愁人的是零星带回来的单本书，看完，我会随手塞到某一类中，尤其是自己家里没地方到别人家借宿的、倒插门的、抢别人房子住的，社会关系复杂，查起户口来，真是人海茫茫啊。不过，这也不是完全没有好处，哪一天闲逛，不期而遇，又兴奋异常：原来我还有一个你，原来你也在这里。

本雅明说："藏书家所拥有的无非是混乱，他们对这种混乱如此习以为常，以至于视之为秩序。……说真的，如果说还有什么东西能与藏书室的杂乱无章相抗衡，那就只有井井有条的藏书室目录了。"（《打开我的藏书》）我还不是藏书家呢，就已经为这种混乱所迷乱了。说到藏书目录，大概是个好东西，听说有位藏书家的夫人，是学信息化管理的，将夫君的书都编目录入电脑，找什么书，一查电脑即可定位。唉，我谈恋爱的时候，没有那么多书，根本不曾考虑娶太太跟编书目的关系，目光短浅怨不得天。一位朋友向我推荐一个软件，可以扫描书的条形码，存在手机里。我兴奋地玩了几天，把买来的新书扫进去，没过几天，兴趣大减，再过几周，新书大增，也懒得扫了。我又不是图书管理员，用得着这么冠冕堂皇吗？还是散养着吧。

有些烦恼专属穷人。就说找不到书这事儿，要找原因，我不用多想，房子太小呗！如果有栋别墅，个人著作都按姓氏字母排列，像查字典一样，要找什么书还不是手到擒来？根本不用像现在这样前插后挤的。前面的好办，后面的就是踮着脚尖也露不出个脸来，那还有个找？但是，这是读书人该做的梦吗？想也不要想！而我老婆固执地认为，书买得太多了。我愤愤：真是村妇没见过世面，什么时候我带你去看看陈子善、胡洪侠这些大老爷的藏书，你再说什么叫书多。记得胡洪侠送我一本书，盖了一方"后宫佳丽三千"的印章，这家伙绝对是隐瞒妻妾数量，三万都少了吧？不过老婆的话就是耳旁风也有点丝丝凉意，我时不时提醒自己：少买，少买。我的光辉典范就是钱锺书，他家里咱虽然没有去过，但早就听说，就那么几架书，人家书都在肚子里，而不是摆得到处是。可是，"多"与"少"，绝对是个情感认知的问题，而不是量化的数值。我认为已经很节制，在别人看来简直是挥霍。我有个习惯，喜欢的书，买了一本就不放过一整套。喜欢的作家作品，又常常是买遍它的各种版本。好书也实在太多，马其诺防线根本就是白搭，再说咱也从来不是坐怀不乱的人啊。

一六六七年，英国的日记家塞缪尔·皮普斯在日记中写道："事实上，我近来买了大量很有价值的书，我打算到下个圣诞节之前不再买书了。现有的书已经装满我的两个书柜。我必须被迫放弃一些书，腾出地方。我的计划是，我本人的图书馆任何时候都不能再添书了。"（亨利·彼得洛斯基《书架的故事》第一百四十九页，海南出版社二○○二年十一月版）赌徒的誓言，酒鬼的承诺，谁会信？果然，他后来又得买书架。不过，我佩服他的是，他总能把自己的藏书限制在三千册，书多的时候，就淘汰不怎么想要的书，腾出地方。我苦恼的是，我怎么就没太多"不怎么想要"的书呢？看着这个眉眼好，那个身材棒，个个都是美娇娘，你怎么忍心把她逐出大门。况且，咱也不是滥情之人，当初能迎进门，也是风花雪月恩恩爱爱。尽管，它们未见得都是出自名门贵族，让收藏家、版本学家看看，估计就是废纸一堆，但在我自己，这本是尊敬的师长送的，那本是在风雪之夜淘回来的，另外一本是当年伴我度过漫漫长夜的，每一本书上都有生命的印记，都是沉甸甸的记忆，我怎好薄情寡义？

于是，我整日都坐在混乱无序的书房中。环顾四周，像杂草丛生的原野，又像刚刚经历过大战的战场。我经常自言自语：亟待整理，亟待整理……日复一日，年复一年，似乎也没有整理清楚。

于是，我在那个可以旋转的小沙发上坐下来，顺手拿起一本书，就是"失"而复得的《旧笺》。书像一席飞毯，将我从纷乱的现实带到远方，带进昔日时光。小说写的是上世纪六十年代香港的故事，男女主人公心有灵犀，却总隔着一层窗户纸。他们的通信中提到过一个"大浪湾之夜"，那是一个周末，一群青年男女在海滩边开野火烧烤会，他们说笑、唱歌，通宵达旦。第二天早晨，在粼粼金红的霞光中，这对男女在沙滩上写字——二十多年前，我也有这样的经历，可是，那群在海边一起吃烧烤的朋友如今都在哪里呢？小小的书房中，仿佛涌进了海潮的咸涩。女主人公海媞在另外的信上说："太阳晒得又暖又舒服，躺在要喂给牛吃的干草上，看远山近树，浓浓淡淡，深深浅浅，略带嫩红与鹅黄的碧绿。如此一片美景，却我一个人独占，孤身享用，使人体会到一种帝皇的寂寞与悲哀。"——那青草的味道、干草的回味，刺激着我的记忆。太熟悉了！三十多年前，夏日的阳光浓烈之时，我身陷玉米、高粱、槐树和各种杂草的绿海中，体会的不也是这种孤独与寂寞吗？如今，都浓缩在小小的书房中。

这就是有一个书房的好处？它可以让我们从现实中抽身，让思想的野马横冲直撞？如此说来，无须整理，因为也只有在这混乱无序的一刻中，我才有一点点自由自在。

我的书房

子 仪

记得多年前《嘉兴日报》发起一个关于藏书的活动,有位编辑来电话要我谈谈自己的藏书、书房,我觉得我哪有什么系统的藏书,书房又寒碜得很,于是谢绝了编辑的好意。有一年,董宁文老师编辑《我的书房》一书,也邀我写一写自己的书房。我依然是同样的感觉,再说自己还挺忙的,结果也不了了之。这次黄岳年、朱晓剑两位书友发起写书房,我也报了名,倒不是我的书房变高大上了,而是,一则我有空写写了,再则经过近几年的读书、买书,我觉得自己的藏书有些特色了,也可以一写,毕竟书房的主角是书嘛。

我的书房很小,小得只有不到五平方米,实在不成气候。要说这几个平方米的书房能放几本书啊,确实没多少,所以我的书占据家里的好几处空间。

先说书房的书吧。书房有一个靠着墙的固定的书橱和一只可以活动的书架，书橱靠着西墙，进门就可看到，另一面墙则依一个书架，边上是我的电脑桌。靠北窗的是我的书桌。书桌其实并不派什么大用场，只是当我开始某个课题时，书桌上常常堆满了相关的书和资料，因为就在电脑桌边，取用非常方便。我把现代文学方面的书都放在书房。

书架是我刚工作那会儿做的。那时我在嘉善最偏远的小镇丁栅工作，公路不通，也没有朋友。在那个孤寂的小镇，陪伴我的，是同样孤寂的黄卷和青灯，于是请附近的木器厂定做了这只书架。两年后，我调到千年古镇西塘工作，这只书架也陪我到了西塘。后来，我家在县城买房，就有了现在这个书房，以为有地方放书了，我把书架转移到乡下父母家。以后我又调到县城工作，书很快就不够放了，于是这只书架再次来到我身边。因为书架不高，我把很多不用的书垫在下面，这里面就有我们最早的自印本"琴韵录"丛书第一辑。书都是包扎好了，所以到底有哪几本、有多少册，其实我已经不清楚了，反正就是自印本的书。

书架上放的是我所收藏的陈梦家及其相关的著作。我几乎买了所有能买到的陈梦家的著作，而买不到的那些著作，如《老子分释》，是托成都的龚明德教授和他的学生小陶帮助复印来的，《梦家存诗》是托我的老师徐井岗从他所在的浙师大复印的，又如《美帝国主义劫掠的我国殷周铜器集录》《铁马集》《不开花的春天》等是下载了电子版的，而踪迹难寻的《梦家诗集》一九三二年七月的再版本，我是今年十月到北京大学图书馆拍照来的。北大的那本《梦家诗集》再版本，很可能是孤本，因为很多陈梦家研究者寻寻觅觅，都难见其踪迹，我能在北大看到，何其幸哉。又如商务印书馆于一九四五年十一月出版的《西周年代考》，是用土纸印刷的，在战火纷飞的抗战时期出版，数量本身有限，现在更是存量极微。我是在孔夫子网买的，卖家宣称这是孔网的孤本，因此虽然是土纸印刷，价格还是有点小贵。也买过《六国纪年》《尚书通论》的初版本或再版本。《西周铜器断代》（四）是《考古学报》一九五六年第二期中的抽印本，也购于孔夫子网。完整版《西周铜器断代》买的是精装本，深蓝色的丝绸封面，看上去非常雅致，正适合陈梦家这个人。也买过陈梦家著《中国文字学》的两个版本，这两个版本虽然都是陈梦家著作，也都是中华书局出版，但附录所收内容并不相同。《白金汉所藏中国铜器图集》本来在国风市场难见其踪，今年却突然见到田率翻译的中英文版由金城出版社出版了，真是喜出望外，马上就买来了。

因为陈梦家这个人，我还买了很多相关的书，正如我在做方令孺研究时，也买了很多与方令孺有关的书。与陈梦家相关的书，包括和陈梦家有过交往的人系列，如闻一多、宗白华、夏

鼐、徐森玉、冯友兰、朱自清、卢芹斋、马衡等人的传记或著作
或日记或年谱等，还有研究或写到陈梦家的文章或收入其人著
作的，如方继孝的《碎锦零笺》、何伟的《甲骨文》、姜德明的
《文苑慢拾》、陈子善的《捞针集》、赵国忠的《春明读书记》、
陈晓维的《好书之徒》、谢泳的《思想利器》等。一九五七年，
"反右"运动中，社会上对陈梦家的批判一波又一波，于是我也
买来了相关的《文字改革》月刊、《文艺报》等，买来了《反对资
产阶级社会科学复辟》一、二、三辑，买来了《捍卫马克思列宁
主义的历史科学》《改造》等书，这些书都是历史的见证。陈梦
家的经历与西南联大、清华、燕京有关，为此我也买来了《燕京
大学史料》十辑、《国立西南联合大学校史资料》《国立西南联
合大学图史》《清华大学》等书。我如此详细地叙述，是因为这
几年我的生活与这些书发生了莫大的关系，这些书对我来说确
实很重要，这也是我的书房最大的特色。

书橱主要存放现代文学其他方面的书，其中几个重点是：
巴金及其相关的书、方令孺及其相关的书、现代文学方面的地
方文献等。这其中很可观的是从二〇〇八年创刊到现在的所有
《点滴》杂志，还有很多各地朋友的赠书，当然都是签名本啦。

因为很多书放不下，后来我们又特地请人在儿子的房间做
了一墙的书橱，那里三分之一是儿子的书，三分之二是我的书，

包括欧洲文学、古典文学、非现代文学方面的地方文献、养生书等。此外，在车库及嘉兴的家里，我也放了一部分古典文学、外国文学、当代文学、养生书、各类杂志等，还有一些书放在卧室靠窗的一排柜子里，客厅原来摆花的架子后来也放书了，办公室也有一部分。除了厨卫，我的书占据了家里的每一间房间。老公的书都是书法方面的，大大小小的碑帖非常多，但在嘉善的家里已经没有空间，只得屈居客厅的阳台了，幸好他请人用现代材料做了一个挺大的架子，摆放他的一沓沓的宣纸和林林总总的碑帖，与他的书画桌一起倒也成对了，尽管看上去并不协调。

以上是对我的书房和书的交代，权且在这次的书房系列中凑个热闹吧，读者大概已经知道了，这次我写书房，主要想是写写陈梦家。

【辑四】 书斋散记

我的"文园"

何 况

书房是读书人的精神栖息地。闲暇时端杯热茶往书房一坐，环顾书架上满满当当的书，即便什么也不想，什么也不做，内心也是安稳满足的。

记得老诗人绿原说过，爱书的人没有一个书房，要比未必爱书却拥有很大一个书房的人多得多。我从军二十多年，住的是营房，面积不大，还常搬家，不敢奢望有自己的书房。那些年，床头柜就是我的书架，餐桌就是我的书桌。我早先出版的几本书，都是趴在餐桌上"码"出来的。

直到二〇〇〇年春节前迁居，才有了现在这间十余平方米的书房，差称窗明几净，两侧顶天立地的书架上里一层外一层摆满了近万册书籍。读书人对书都有一颗贪婪的心，恨不得把书店里的书全搬回家，但书房的空间有限，有些书只能委屈它们在地板上、茶几上、沙发上、床头柜上栖身。时间一长，有时要找一本不常用的书，实在费事。有一次，著名学者汪荣祖、陈鼓应来厦门讲学，我想找出他们的著作请求签名，可翻遍了书架，有些书就是不见踪影。吊诡的是，过了几天再进书房，它们就在书架上瞪眼看着我呢。

我喜欢收藏作家签名本，这是我对作家致敬的一种方式。积少成多，现在我的书房里大概有几百册作家亲笔签名本吧，其中有莫言的《生死疲劳》、余光中的《听听那冷雨》、流沙河的《再说龙及其他》、洛夫的《漂木》、王蒙的《我的人生哲学》、贾平凹的《白夜》、席慕蓉的《七里香》、张大春的《认得几个字》、麦家的《暗算》、徐贵祥的《历史的天空》、李佩甫的《生命册》、葛剑雄的《悠悠长水》、陈子善的《张爱玲丛考》、止庵的《惜别》、龚明德的《新文学散记》、谢泳的《靠不住的历史》、傅月庵的《书人行脚》、朱大可的《燃烧的迷津》、陈丹青的《无知的游历》、胡文辉的《最是文人》等。在我收集的这些签名本中，朋友转赠的已经仙逝的著名学者钱仲联先生笺注的《人境庐诗草》签名本和现年九十五岁高龄的著名学者何兆武先生十多年前出版的谈话集《文化漫谈：思想的近代化及其他》签名本，都是很难得的。

爱书人走到哪儿都不忘逛书店，我书房里的有些书就是从上海城隍庙、北京潘家园、苏州古旧书店等淘来的。我不是藏书家，买这些书是为了读，而不是当摆设。年轻时精力旺盛，一年能读百来本书，现在一年还能读五六十本吧。有些书，比如曹雪芹的《红楼梦》、兰陵笑笑生的《金瓶梅》、加西亚·马尔克斯的《百年孤独》、罗伯特·穆齐尔的《没有个性的人》、胡利奥·科塔萨尔的《跳房子》、莫言的《檀香刑》，以及博尔赫斯、卡尔维诺的一些主要作品，我读过何止一遍。就连普鲁斯特长达七卷的《追忆似水年华》和乔伊斯挑战阅读极限的《尤利西斯》《芬尼根的守灵夜》，我都用心"啃"过。当然，书房里的书不可能本本都读过，有些资料书是备用的，所谓"书到用时方恨少"，比如我写《拥抱阿里山》一书，书后开列的四十九本参考书目，都是我自己的藏书。自己的书，用着心里踏实。

买书、读书、写书，是我业余生活的主旋律。在现在这间书房里读了多少本书，我没有统计过，但写了多少本书，心里还是有数的，其中有一本《文园读书记》，最有地理痕迹。有人见到这个书名，以为"文园"是我的书斋名，其实是我住在文园路罢了。不过我的确喜欢"文园"二字，哪天请书法家写了挂在我的书房，倒也有趣。

再谈"拙书堂"

谷 雨

薛原兄曾编《如此书房》,拙文《我的书房"拙书堂"》有幸入选,位列其中,实让我汗颜。今响应晓剑兄号召,再谈我的书房,大有"厚脸皮"之谓。

近年来,仿佛有种不成文的概念,读书、藏书、评书、著书,有一个偌大的书房,才合乎"书人"的标准。书人,嗜书如命,读书如渴,淘书如访友,好书胜好色,而没有书房则不够完美。所谓书房,也不见要豪华气派,也不见要窗明几净,书堆得越多,放得越乱,仿佛才越能体现书生本色,作为书房才越有展示的意义。

在我所处的小城,我的存书没有阿滢的多,没有陈瓷的专,我的书貌似是杂七杂八的乌合之众,可我不甘示弱,经常向他们俩显摆:我可有乾隆版半部《昭明文选》哦!显摆归显摆,其实我心虚着呢。上次晓剑兄来我家,也仅是一眼扫过,不置一词，他走南闯北见过的书房多了去，我那点书可怜巴巴，当然打不起他的眼角了。所以说，远方的朋友若来，首选当然是陪他们去阿滢的书房，读书、品茶，而看过阿滢的书房，则小城无书房矣，有了阿滢的书房，我更是不敢妄称有书房矣！

其实若说我有专门的书房，那还真是夸大其词了，因为我的书不够多，也没有集中到一处存放，而我整日为工作奔波，也没法枯坐书斋，足不出户与书相伴。有无书房无关紧要。其实只要有一本书，即随遇而安，无求无欲了，那书房于我与车上、厕上、床上无异。若定要说我有书房，则我家仅仅是比邻居家多几本书而已。

家里客厅，正对门口整一面西墙，我学阿滢家的样子，做一顶天立地的书架，看上去与铺着木地板，摆着大红布艺沙发、别致影视墙、镂花房灯的现代装饰很不协调。一些朋友去了，也大呼"赶紧拆掉，拆掉"。我知道，如果拆掉书架，客厅可能会更美观，但是我的书就会没有了安身立命之处。这一处存书较多。

西北角一间小卧室，同样在西墙上，打了从底到顶的书架，还安置了写字台，可写字台上、地板上，书堆积如山，要是在里面读书写字，只能扒拉出一点空地儿，会很拘束，会一不小心碰掉我当"宝贝"的玩意儿，还要防备着灰尘迷了眼，那简直是受罪啊！反正我是很少进去，外人也不好带进去的。这个房间，成了插不进脚去，转不开身，杂放着我的一些石头字画瓷器等心爱之物的储藏室。这让我想起刘德水先生，他曾赠我书法一幅。他说家里没有写字的书案，书堆得到处都是，那是他趴在地板上写就的。这我一点也不觉得奇怪，爱书的人，家里再大，空间再多，也会让书占据，坐拥书城其实是坐在散发着霉味的书堆里。

女儿房间的书橱我会偷偷塞进点书去。三年级开始，她读一些童话，随着识字渐多，她要求渐高，买了不少曹文轩、杨红樱、伍美珍、安武林的书，还有缩编本的四大名著等，也是满满的。她放不开了，会把我的书拎出一摞，丢在我怀里，每当此时，我抱着书，不知放在哪儿，真是哭笑不得。

这两年我又多了两个存书的地方，一是我妈妈的"暖楼"，离我们小区不远，七十多平的房子，那是一个温暖的所在，我取名"暖楼"，靠墙挂几幅字画，旁边打了书架。一是"谷雨茶舍"，我把关于收藏、书画方面的书慢慢地倒腾到那儿，我还打算把我们当地作家的书收集全了放在茶舍，茶香氤氲着书香，是一个读书的所在。如此一来，既方便朋友阅读，也提高茶舍品味。可茶舍内的书架还远远不够，最近，丫头也开始买一些关于茶道的书，嚷着要我给她腾出地儿。伴随着藏书进来，一些原本放瓷器的架子，慢慢也被书占领，古玩瓷器，只能简单包一下，搬到地下室。

　　客厅要休闲会客，茶舍要喝茶待客，卧室夜读虽是我最喜欢的，可卧室是休息之所，妈妈的暖楼存书少，找书麻烦，我并不常在那儿读书，最具书房功能的那间小卧室，却插不进脚，这都当不得书房。那我的书房在哪里呢？只能说我在哪儿读书，哪儿就权作书房了。

我的"冰镜轩"

胡忠伟

　　孙犁给自己的书房取名"芸斋",刘绍棠管自己的书房叫"蝈笼斋",贾平凹的叫"静虚村",而陈忠实则名之曰"白鹿园"……依了名人的看法,书房应该取一个高雅的名称,一则以启迪自己,修身养性,二来增添一点书香书色。如此两全其美,何乐而不为呢?

　　我经常爬行于红蓝方格之间,舞文弄墨之余,也寻思着为自己的小书屋取个名字。我的书房并不大,约莫七八个平方,也很简陋,常使我有蜗居之感,像极了刘禹锡笔下的陋室:"台痕上阶绿,草色入帘青。"虽然我的书房不至于如此之"绿"之"青",但在豪车豪宅大行其道的今天,也真的是简陋无比了。墙是砖墙,顶是瓦顶。墙根处,泥皮斑驳,泛滥着白色的东西,有的竟至于脱落掉了。每逢雨天,屋顶上便滴下水来,真可谓"陋室"到家了。范仲淹说:"不以物喜,不以己悲。"我也不至于借用名人的光辉给自己的小屋冠以"陋室"的大名吧。更何况，比起杜子美笔下的"茅屋"来，我的小屋哪一处显得逊色呢？而他们那博大的胸怀、无比坦诚的心地，我又怎能"以小人之心"去度呢？范氏心忧天下，"先天下之忧而忧，后天下之乐而乐"，此等博大胸襟，足使我感到惭愧。而杜公呢，那种"安得广厦千万间，大庇天下寒士俱欢颜"，"吾庐独破受冻死亦足"的乐观精神和豪壮情怀，我辈又怎敢攀附呢？

这样说来，我的小屋就微不足道了。然而这里并非"没有人到过的空间"，而是我精神食粮的加工厂，是我日读夜写、播撒耕种的田间地头。小屋依山傍水，头顶着白云，背对着青山。白天，阳光从窗子扑进来，满满地铺在我的稿纸上，仿佛洒满了碎银。这时，那远处的蓝天白云、小鸟轻风都从我的笔尖流泻出来，像畅流的小溪，弹奏着动人的音符，一路叮叮咚咚地流去。写困了，便闭上眼，悄悄地感受小院里花儿的馨香。远处传来悠悠的歌声，如甘醇的陈年老酒，那香、那味都让人想起"三月不知肉味"的佳话来。每当月夜，皓然寂寥，或拥被而坐，抚今追昔；或静坐案前，赏月品茗，怡然自得；或饱蘸笔墨，亦抒亦写，悠闲陶然之情油然而生。风移影动，树影斑驳，珊珊可爱。这情况，真近于归有光先生笔下的"项脊轩"的情形。想到这一点，我就感到幸福，感到自豪，就有一种优越感了。自然迁就了我，赐予我如此美丽的空间。我想，既然这个空间这等富足，这等闲情逸致，还有明月的相陪相伴，那就给它取个"冰镜轩"的雅名吧。

"冰镜"是古人对月儿的美称。有道是"一轮冰镜出平湖"，这清辉，也真是纯然、怡静。不但如此，我甚而可以这样想，这小屋，也是我人生路口上的一处驿站，小则小矣，然而它却如一面镜子，足以照亮我前进的路，给我以力量。古人常说："以铜为镜，可以正衣冠；以史为镜，可以知兴替；以人为镜，可以明得失。"而我，以小屋为镜，足以成就我所钟爱的读写人生。不是吗？这里有花香月色，有青山流水，有微风飞鸟，有歌声相伴，更何况，书香书色满满地裹着我，我能不觉得充实、不觉得幸福吗？

如此说来，我这书房取了"冰镜轩"的雅名，也实不为过吧。假日工余，邀三五新朋老友，品一杯名茗，或饮一盅陈年老酒，促膝而谈，上下五千年，纵横几万里，偃仰啸歌，岂不美哉。小屋虽然简陋，然在精神方面，它的内涵却很富裕；小屋虽然狭小，然而小屋有书香墨色，有花红叶绿，有朝霞夕晖，也够大够大的了。小屋大世界，让我思考人生的真谛，领略生活的情趣。

我深爱着冰镜轩……

"书枕斋"小记

李树德

在我参加工作最初的十来年，不要说书房，连书也很少。我大学毕业后，离开天津老家，到一个偏远的农村去接受贫下中农"再教育"。我随身只带了一箱子的书，大部分是与我所学英语专业有关的书籍，另有十几本文学书。在其后的近十年中，调动工作，无论到哪个单位，都要带上那个书箱。

上世纪八十年代初，我调到高校工作，那时我已经成家立业，并有了一个小孩。学校分给我一套两居室的楼房。我自己有了一间单独的屋子，并购置了书橱、办公桌等。为了充实自己，适应高校的环境和教学的需要，我开始买书，买各种各样的书籍，除了专业书籍之外，只要自己觉得有用，或者感兴趣的书，见到就买，这样书很快地多了起来。自然书橱也多了，从最初的一个，增加到七八个。有些同事、朋友来串门，走进来就称之为"书房"，在交谈中也常提到"你的书房"如何如何，但我自己并不觉得那是书房。我拜访过不少著名的教授、专家、学者，与人家的书房比起来，它简直太寒酸了。书橱里既没有名著典籍，墙壁上更没有名人字画，那不过是一个自己备课、看书、兼作睡觉的地方而已。

随着自己专业技术职称的晋升，居住条件也不断地改善，从两居室到三居室，直到上世纪末搬进了四居室的房子。这时积累的书籍也多了，大约有五千册左右，书橱里放不下，就放在纸箱子里，或堆在地上。写作的任务也多了，除应出版社之约著书、编书、翻译外，还定期为报刊写稿、开专栏。电脑也报废了三台。我曾在一首打油诗里，自我调侃地说："三员铁将殒身去，五千甲兵伴昏晨。""铁将"指的就是电脑，"甲兵"指的是书籍，这时真的需要一间书房来安置这些书籍了。我选定四个居室中的主卧室作为书房，这个房间除了面积大之外，还向阳，视野也开阔。伏案久了，可以眺望窗外的绿色，既养神又养眼。我把一面墙装饰成顶天立地的"书墙"，下面是一排八十厘米高的两开门的小柜，小柜里又分上下两层，可以放一些报纸、杂志以及相册、手稿之类的东西；上面六米多长，两米多高的空间分成五部分，每部分又分隔为高低不等的七层书架用来放书。这面"书墙"放下了我的大部分书籍，并且按书的类别进行摆放：常用的书籍和各类工具书放下层，不常用的放在上层，就像图书馆里的书架一样，读取方便。我的书房里除了这个"书墙"外，还摆放着两个大书橱，一个里面放的是多年积攒的几百册师友和名家的签名本，以及个人出版的书籍样本。另一个里面放着我收藏的民国版书籍和一些"文革"前出版的书籍。我把这两部分书籍视为"镇斋之宝"，精心地珍藏着。

有些朋友不断地提议，应该给书房起个名字；有的朋友还自告奋勇说，可以请某某著名书法家写个斋名。还有外地的客人来了以后，要看看我的书房，看后就问："你的书房叫什么名字，是什么斋呀？"我只是一笑，对客人说，它没有什么名号，他们似乎感到惋惜，并举例说某某教授的书房叫什么什么斋。这时，我感到似乎也应该给自己书房起个名字了。

我的书房该叫个什么名字呢？想了好久也没有想出一个自己满意的斋名，事情就又放下了。后来我应一家杂志之约，写了一篇谈个人读书生活的文章，题目是"三更有梦书作枕"。文中讲到，自己曾套用纪晓岚的"三更有梦书当枕，千里怀人月在峰"，撰了一副对联形容自己的读书与写作生活，该联为"三更有梦书作枕，四季无暇笔为伴"。突然想到，我何不把自己的书房命名为"书枕斋"呢？就这样，我的书房的名字就诞生了。别人再问，就告之以"书枕斋"，并以我的那副对联做注脚。

二〇〇五年秋天，我参加了一个诗书画的联谊活动，并结识了北京著名的书法家王成维先生。那天向王先生求字的人很多，我本不想凑热闹，但王先生与我在天津有一个共同的朋友，我们俩谈得很开心、很欢畅。王先生定要为我写个东西，作为我们相识的纪念，我想到我的书房"书枕斋"正缺少一位名家写的斋名，我就请王先生为我的书房写个斋名。王先生用篆字从右向左写下"书枕斋"三个字，上款用小号字题"乙酉季秋"四字，并盖了一个闲章，下款署上他自己的名字，并盖了名章。后来又有朋友为我进行装裱，还做了一个古色古香的框儿。

我又把珍藏多年的著名作家方纪先生"文革"后用左手写给我的一个条幅挂了起来，然后把"书枕斋"匾额悬挂在书房房门的上方。就这样，我有了名副其实的书房——书枕斋。

樱花居·南窗斋

任 文

题记：南窗前有棵樱花树。樱花盛开季节，坐在南窗前或赏樱花，或读书，心情自然别致。透过南窗玻璃望飘落的花瓣，似乎有所顿悟，展开一方纸张涂鸦起来，书房"樱花居·南窗斋"得名也。

南窗，我的樱花居书屋，我读书、写作的好地方。明净的窗前有一张仿古色的实木榆木大书桌，书桌右边紧靠电脑桌。业余时间伏在书桌前读书，只有写作时上电脑敲击键盘，发出清脆的声响，那一刻的快感无法形容，只有沉浸其中，才能深得其味。

一本散发着墨香的新书放在案前，轻轻地翻开一页，富有质感的文字诱惑着你，静下心来读下去。读书困了的间隙，轻轻地闭合书页，或沉思联想，或什么都不想。书桌前，一盆兰草，一盆金边吊兰，绿意翠生；几块"洛河奇石"，纹理清晰，形状各异。兰草出自"兰溪青尽碧油油，溪水兰花两发香"（杜牧《兰溪》诗句）的兰草河畔，是我下乡学校一位老师送的，我精心呵护多年，生长旺盛，兰香诱人。那盆金边吊兰翠绿发亮，已生出新枝新叶，这是今年春上从办公室同事花盆里分枝移栽的，长势良好。几块小巧玲珑的洛河石，闲置于案前，"闻鸡起舞"、"横渡长江"、"云横秦岭"……任你想象，别有生趣。

南窗不锈钢防盗网上点缀着一片绿意，网架上豆角藤蔓缠绕其中。蓝莹莹的花儿，尖尖的豆角儿，弯弯的藤蔓儿，在那里热闹着。窗外丝丝的风吹进来，垂在藤蔓上的豆角儿轻轻地摇，明亮的窗户，攀岩的绿色，好像大写意的一幅画挂在眼前，倒也不失为一种景致。透过窗户，看蓝天白云，心境辽阔；看院中碧绿的菜园，润心养眼。

最美人间四月天，小院樱花盛开，粉红色的花瓣，美丽的花朵，一朵紧挨着一朵，从远处眺望就像一片云，从近处看，每一朵花的造型都有不同的质感。樱花开得正灿烂，微风吹过，片片樱花随风而落，如随风而散的红雨，似光芒四射的霞光，满地撒下粉嫩的花瓣，闪现出生命的活力，使人不忍踩踏。伸手相掬，一片片落在手心，顿觉手心凉爽轻柔。一片两片顺着指尖轻轻滑落，随手拾起，捧在手中，扑鼻的清香溢满身心，那种感觉无法比拟，扑朔迷离……

在南窗伏案写作，我习惯于打开窗户，让清风扑面而来。这样，写作的思路畅通，文字顺风而过。那些闪现于脑海里的文字，仿佛是碧绿清澈的山泉中汩汩流淌出来的，形成一股源源不断的溪流。偶尔，一声悠扬的鸟叫，把我从静思中唤醒，隔窗望去，小院上空横空穿过的电缆线上，一对轻盈的燕子在亲昵叽喳。这时，或许发困了，轻轻地转动座椅、站起，走动窗前，看院中花枝上的麻雀，看电缆线上的燕子。春夏，还有花枝上的蜜蜂和蝴蝶。也算是写作中的间隙休息，何乐而不为呢？

写作大多在休假日，间或夜晚的空闲时间。小院寂静，除了家养小狗院中"汪汪"，就是邻居的小猫越墙"喵喵"。适宜读书写作的城郊小院，被朋友看过后说是"别墅"，其实豪华谈不上，只是个"清闲宜居"的好地方。站在三楼走廊上可远眺起伏的山峦，近观绿油油的田野庄稼，享受田园风光的滋润。适宜的空气，宽阔的视野，乡情乡韵，令人陶醉。

写作之余，离开南窗，去院中经管菜园；走出院墙，去田间漫游，绿荫掩映，百鸟啁啾，仿佛走在唐诗宋词里，"结庐在人境，而无车马喧"。崭新的乡间水泥路，绿荫环绕的村庄、楼房，缭绕着干净的炊烟……走在宽阔的田野上，"心远地自偏"，呼吸自然之风，吸纳自然之气。

啊！我的南窗斋，我的心灵书屋。我因爱樱花而择居城郊周村，有了属于自己的小院，择一间飘溢着书香的南窗作书房，购置一台电脑，一张大书桌，两对书橱，收藏、读书，记下坐拥书斋的闲情雅致。

我的伪书房

邵 文

我的书房只能算是伪书房。首先是我的书籍分散各处,书房兼着它用或它用兼着书房,书并无完整的一席之地,书房的合法性存疑;其次是我的书房不大,存书有限,像是个临时书房,这足以让那些真正的书人笑掉大牙;其三是这点可怜的书,也多数没有深读,或很少翻阅,其尘封寂寞之状,像极了被皇帝冷落的嫔妃粉黛。

后宫

这间屋子,大约二十平方米,除了半壁书籍以外,还有我从各地带回来的仿古杂玩、石头树根,夫人儿子的琴棋球拍,但以书为主,可称之为书房,若以"关起门来做皇帝"的心态看,可称之为后宫。

因为父亲是教师，我一生下来，家里就是有一些书的，不过，直到我上班多年有些闲钱后，书的数量才多了起来。想想以前，穷，不是真喜欢的书，不敢领到家里来，一旦领回来，必夜以继日读之，废寝忘食，乐而忘忧。那时，书房是一个奢侈的梦想，也说明读书不一定真的需要一个有模有样的书房。

现在，也算是有了这一间书房了，里面塞满了各种各样的书籍，理工文法、花鸟鱼虫、车磨铣刨，斑杂无章。博而不专，这是知识分子的通病，也是男人见一个爱一个的本性。好在书不算多，基本各安其位，用时都能找到，若像长安崔文川先生那样，藏书数万册，就真的是要去修一门图书馆学来管理了。

我的这些不算多的书籍，充其量和一个皇帝的太太数量相当，因此可以按后宫的分类法排序之。作为一名理工男，理工类的书籍，是我明媒正娶的，乃为正宫；经济、人文、历史类的，比较喜欢，封为贵妃；外语类的，封为才人；法律类的，防身所用，便效仿卡扎菲上校，可封为女保镖，其他以此类推。当然，无论是哪一类，始乱终弃打入冷宫，或弃如敝屣者，难以计数，不说也罢。

值得一提的是这些理工类的图书，占据书柜相当空间，虽为正宫，不是一个，而是一堆。这也许会让读"无用之用"之书的文化人耻笑为"稻粱谋"，我却最喜欢她们。这些从机翼的运动到电器的控制都有涉猎的书籍，有智趣、无偏见，使人专注安宁，也满足了我对这个世界的好奇心。

只是这后宫粉黛三千，现如今我鲜有亲近。人到中年，杂务缠身，安静阅读的心情日趋于无，她们待在这里，多数时候，也仅仅是作为一个赏心悦目的摆设罢了。

以上所叙述，基本遵循一个老掉牙的套路：少时无书可读，及至中年，有书不读，所谓书非借不能读也。许多文化名人也是这么说的，这让我一个充满铜钱味道的俗人，少了些挫败感。

侍寝

我的卧室，也有一个小型书柜、一张书桌，和衣柜排在一起，显得不伦不类，虽是"它用兼着书房"，且和我正式的书房仅一墙之隔，但来到这里的书，受我百般宠爱，确是来侍寝的。

所以这间小小的书房里并没有几本书，多是我从后宫临时选派来的，自然也是我所中意的，她们在这里陪我度过一段或欢乐或沉静的夜晚后，会各归原位。

我说过，我很少读书，但并非不读，这既是多年养成的习惯，也是对长江后浪推前浪的恐惧，一点书不读，或许真的就老了。

行宫

我的办公室也存有一些书籍。这些书，多为工作必须之工具，兼有后宫之随行，与复购、师友馈赠之心血、新到佳人之中转。屋子很小，办公为主，工具之外的书籍，作为必要的配角，避居一隅，陪我度过劳顿之余的闲散时光。

以后宫的心态，谈论高尚的书籍，似乎有些不敬，不过，这只是从"颜如玉"的角度来说的。也要承认，一些书，是良师；一些书，是益友；一些书，是情人；一些书，是陪伴。

虽然不够多，但我不是藏书家，找不到藏书数万的理由；虽然不够好（据说"无用之用"或典藏的大部头才叫好书），那些"有用之用"的书还是让我对这个奇妙的世界了解更多。

不管怎样，书于我，这么多年，已经不是一个可有可无的存在，她们一路漫漫，来到这里，与我相聚，温暖了我的灵魂。

我的书房

孙永庆

我喜欢读文史类图书，存书以文史类书为主，以"燕语斋"自名藏书室，著名学者吴小如题写斋名，其缘由在薛原主编的《如此书房》（金城出版社）中作了诠释，在此不再赘述。我非常喜欢薛原的话："我是属于喜欢在书房里发呆，为读书的兴趣而随意阅读和写作的人。"随意阅读和写作决定了我买书的随意。

存书是从高中毕业后开始的，当时阅读的兴趣是小说，存书以中外小说为主。那时经常拜访打渔张引黄灌溉所的李老师，他原来在济南的大学教古典文学，他的藏书令我羡慕，仅他订阅的《文史知识》就放了两格书橱。受他的影响，开始迷恋古典文学，《论语》《诗经》《庄子》还有唐诗宋词的书买了不少。上大学期间，认识了作家李登建，他在文联编辑文学期刊《渤海》，有时候帮他整理散文稿件，他嘱咐我读后写点感受，慢慢地爱上散文随笔，便疯狂地购买散文及散文研究类图书。在我的存书中，散文随笔类图书最多，如百花文艺出版社的"外国名家散文丛书"、"现代散文丛书"、"当代散文丛书"等。无意中淘到姜德明的《余时书话》，对书话产生了浓厚的兴趣，存书中又有了三联书店的"读书文丛"、辽宁教育出版社的"书趣文丛"、北京出版社"现代书话丛书"、陕西大学出版社的"华夏书香丛书"等。也爱读些历史考古之类的书，如山东画报出版社的"中国边疆探察丛书"等。

搜书与淘书的过程，有很多值得回味的故事，自己在这些故事中不断积累学识，也结识了很多学人，如林非、徐雁、王稼句、自牧、曾纪鑫、李汉荣、薛原等，在和他们的交往中学到了很多书上学不到的知识，这都是书的恩赐。大部分存书是从书店和书摊搜来的。每到一地书店是必去之处，搜书的过程虽累点，但却快乐着，朱晓剑称为"书店病人"，说得极是。有时为了配齐套书，寻寻觅觅，费尽周折，不知跑多少书店、书摊，用好长时间配书，有的始终残缺。现在进入了互联网时代，需要的书在网上就能买到，配书更是件容易事，自己却觉得少了点什么，还是经常逛逛书店、书摊，这也许是我们这代人的根性所在。

存书多了，就想拥有间书房，这是读书人梦寐以求的事。书房布置没必要太讲究，它只是个读书的地方，它只是个让人安静的地方，读书、写作用的书桌，放书用的书架，最好再挂点书画，营造一种书香氛围。我的书房随意简洁，一个书桌，一面书橱，一面书架，自我感觉温馨舒适。在书房里读读书，写写字，发发呆，听听燕子的呢喃，听听风雨敲打书窗，便有了人生何求的感觉，不禁想起了李白的诗句："我闭南楼看道书，幽帘清寂在仙居。"

也了解过师友们的书房，那可是书橱林立，典籍众多，藏书有目的成系列，如北京赵国忠藏民国文学书，藏书大家姜德明曾说："赵国忠的有些藏书我没有。"如徐雁的雁斋藏书以与书有关的文献史料为主，为读书而评书，为著书而藏书。像我这种朝三暮四的买书习惯，注定成不了藏书家，也不会有什么作为，最多是个爱书人，是个爱看闲书的人。虽如此，受徐雁等老师的启发，碰到自己喜欢的书，也会写出喜欢的理由，陆陆续续发表了若干读书随笔，也出版了几册小书，比较满意的是忝列"全民阅读书香文丛"的《燕语书林》，还请诸位同仁指正。

从临田斋到梦田书屋

童银舫

我的祖上都是农民，是地地道道的面朝黑土背朝天的庄稼汉。祖父在我出世前已离开人世了，父亲大概也只读了一二年书，母亲只是上了几天的夜校，连写自己的名字都很困难。或许父母因为吃了太多没文化的亏，所以对我寄予了很大的希望，凡我在学习上的要求，都尽量满足。但我太不争气，高考落榜，仍回到家里务农。

我读高中时，就开始买书，记得当时最喜欢的是人民文学出版社出版的一部《红楼梦》，是我用一年的奖学金买的。

我的家在村子的最南端，开门见田，春天的油菜花引来成群的蜜蜂，嗡嗡地欢叫着，不时飞进我的窗口；秋天满畈的棉花，吐露着似雪的棉朵，令人诗兴大发。这块田地上，留下了我农耕时的汗水和丰收的喜悦。

其实对于农事，我极为笨拙，而对于书的喜好，大大超出普通农家子弟的欲望。于是在参加工作后的短短十年中，我的藏书量迅速递增，成为全市（慈溪）藏书之最，并获得宁波市首届"十佳藏书家庭"的荣誉。

那时，我拥有了一个近二十平方米的书房，因推开窗户即是农田，取名曰"临田斋"。第一个为书斋题额的是上海书法家钱沛云先生，后来又请西泠名家钱君匋、王京盙、姜东舒、丁茂鲁、袁道厚等题额。临田斋成为文友相聚之处，也曾有九叶诗人袁可嘉、版本学家路工、民间文学家姜彬、版画家余白墅等前辈枉顾，留下了美好的记忆。

二〇〇二年，我在市中心的一个小区买了一套商品房，一百七十多平方米。我自己设计，特意将七个墙壁都做成顶天立地的书橱，除我的专用书房外，还将客厅装修成开放式书房，客厅与卧室之间用书橱夹成书廊。次年春，装修甫毕，洪丕谟先生大驾光临，问是否给书斋起了新名字？我说，此地无田，只能在梦中相见——梦田书屋，行不？洪先生大喜，说，好极！回到上海后，他立即为我题写了"梦田书屋"，笔墨饱满，精彩之极。之后，又有胡传海、陆一飞、孙洵、黄亚洲、杨新、钱法成等先生题额，可惜房间太挤，这些名家墨宝，一张也没挂上。

二〇一二年五月，中央电视台《走遍中国》摄制组来梦田书屋采访，拍得十分认真，每个细节都一丝不苟，七月间以"书香宁波"为题在中文国际频道播出。

二○一四年四月，入选首届全国"书香之家"，得了一块铜质奖匾和一本荣誉证书。

二○一五年六月二十二日，韦力先生造访梦田书屋。这位藏书界的大腕不远千里屈尊下访，给我以极大的荣誉感。他更像一位初出茅庐的新闻记者，努力记下我的胡言乱语，那种不耻下问的精神，和包容友好的态度，尤为我所折服。

梦田书屋共有藏书二万余册，二○一三年十月慈溪水灾，我放在地下室的藏书损失约五千册，二○一四年向慈溪市图书馆捐赠五千册，现尚有一万余册。我喜欢收藏慈溪乡邦文献，历代方志、乡贤著作、家谱、报刊均力求齐备，约占全部藏书的三分之一。我充分利用这些藏书，编写出版了《溪上流韵》《慈溪百人》《慈溪书画家》《慈溪家谱》等二十余种地方文史类著作。

有位记者曾为我写过一篇报道，题为"藏书改变命运"，介绍我三十年来藏书、读书、写书，由一个只有高中学历的农民转变为一个专业的地方志工作者的经历。文章最后说："藏书、读书、用书而有所作为，才能真正体现私家藏书的价值，童银舫对此作了很好的诠释。"其实，像我这样一无学历，二无背景的人，如果没遇上好的时机，没有一个赏识你的人，没有一帮志趣相投的朋友，你将永远一事无成，什么也不是。

灯语斋：新安江畔一书房
——我的书房变迁史

许新宇

　　书房是书的住所，是每个爱书人精神歇息的港湾，是令人向往的心灵圣地。罗曼·罗兰说："任何爱书人都需要为自己筑造一个心理的单间。"拥有一间属于自己的书房便成了爱书人永恒的梦想。

车库，书房……

　　闲置多年的车库一直是我的心结，因为里面置放着我二十余年来陆续买进的近万册书刊，说是书库倒名副其实。

　　二〇〇八年搬进新居，因为少一书房，这些藏书只能暂时委屈地堆放在车库里，其实就是有一间属于自己的书房，估计也难以完全摆放这些书刊。后来新买的书把家里的有限空间都占有了，所以都不敢轻易逛书店。为自己心爱的书打造一个长久安稳的窝就成了我最大的心愿，可节节攀升的高房价已经让我彻底打消了换置大面积住房的梦想。思来想去，唯一可行的就是把现在的车库改造成书房。

这个车库是当时买房时，妻子抽签抽到的。因为小区内房多库少，加上当时的价格也便宜，所以想买的业主只能抽签，看来她的手气不错。我对这个车库也挺满意的，它面积有二十多平方米，位置也不错，在楼房的背面，比较隐秘，还面对一面满墙爬山虎的围堤，这满眼的绿色带来了整个夏季的清凉感觉，真做书房了，如果朋友来访，在外面纳凉聊天倒是不错。

其实车库做书房，弊端也是显而易见的，南方的底层有众所周知的潮湿问题，还有与家相隔，又突生了取水、如厕、上网的不便。有一次打开车库，居然发现有老鼠啃书的痕迹，粗略观察了一下，损失并不严重，但很多书都蒙受灰尘的厚爱，看得我直叫心痛。所有的这些都给我敲响了警钟，如何处理这些书刊已经迫在眉睫，最后痛下决心，也征得了妻子的同意，过了雨季开始装修车库。

所谓的装修，不想大动干戈，经过这几年的观察，在梅雨季车库的地面还不算潮，所以就免去了地面做防潮的麻烦，初步设想就是做两面墙的书架，另外再购置几个书柜，在卷闸门的里面用铝合金门窗做一个隔断，装上窗帘就OK了。

装修前先整理车库，把留在车库里的旧家具、杂物都处理了。原来杂乱无章、满库灰尘、霉味扑鼻又寸步难行的车库一下子变得清爽了许多，这样就可以美妙地幻想了，当这里成了书房将会有别样的风情……

八月初，木工进场，木工师傅按照我的设计图纸，只花了两天时间就把木工活完成了。因为没在现场监工，有些细节和设计有出入，但无伤大体。接下来的油漆活却搞出很多事情。表弟在老家梅城经营油漆，所以就把这活交给了他，也许是为了想给我省钱，刷漆面时没有用环保树脂漆，只用了很普通的油漆，结果那散发出的气味刺鼻刺眼，在夏日高温的挥发中更加明显，惹得附近的邻居怨声载道，都跑到我家里来抗议了。我真过意不去，只能诚心道歉。为此连忙上网查找消除异味的方法，能用的方法都用了：通风、换气、放置盐水、醋熏、点蜡烛、摆放切碎的洋葱、放置吊兰……过了几天气味明显减少，其实通风是最好的办法，可车库的电门一拉下就成了闷葫芦，所以到现在，里面还是有股散不去的异味。

看似简单的装修，其实做起来一样烦琐。从清理、设计、做工到再清理、除味、内饰、整理，除了技术活更多的是体力活，所以我的身体在这次小小的装修中又一次得到了"锻炼"。室内装饰是我比较喜欢捣鼓的，这过程倒是轻松了许多，去建材市场定制铝合金门窗、地板，上网买灯具、窗帘、转椅，到家具市场看书柜、写字台，这些都需要用时间去对付。好在有钱好办事，说好时间，该买的买，该装的装，关键就是看自己的选择了。到九月初，书房已经初见端倪，可预订的一组转角书柜却让我等了四十五天，当安装完毕，我相当满意。其实最苦最累的活还是搬书，书要先搬出去再请进来，所以让我觉得书是这世界上最重的东西，我是吃尽了书的苦头，可整理书又让我眉开眼笑。

真没想到，这次装修在小区里闹出了不少动静，装修时的声音气味，还有这么多的书搬出搬进，很多人都惊讶于我的举动，有的人问我是否要在小区里开店，有的人说我要在小区里开图书馆，我只能含笑打发：我就想要间书房，在属于自己的空间里休养生息，如果你也和我一样爱书，欢迎你来坐坐……

车库的华丽变身，使我真正拥有了一间独立书房。而我的书房，在二〇一三年为我赢得了杭州市第七届读书节十大"书香人家"的评选。

再造书房

书越积越多，没过几年，车库书房已经不够用了。好在我家在同一小区还有一套一百二十平方米的空房，不安分的我又开始动起了再造书房的念头。

二〇一四年的下半年，我又开始装修新居了，前后用了三个多月的时间，总算大功告成，最满意的还是书房。因为书房里有书，有书的地方就是好地方。

当初，在设计书房时，我选择了三居室中靠北的小房间，虽然只有十多平方米，可这个房间的视野好，从窗户望出去，附近是满目葱郁的小山，隐约可见薄雾缭绕的新安江，远处的白沙大桥和北岸的高楼一览无遗。当夜幕降临，楼房和大桥不同色调的灯光交相呼应，灯火璀璨，流动的汽车灯光将人的目光引向远方。

小居室要派大用场，不得不花点心思。书架靠墙整面利用，中间的格子被打造成可前后叠放的阶梯式，目的是为了多放点书，现在书也上架了，看起来效果不错。以书为墙，一面生硬的墙体居然会生出如此令人陶醉的风景，这是爱书人最乐意见到的。当心爱的书一一上架后，熠熠生辉的是书的灵光，散发着她无言的美。分门别类不是因为论资排辈，而是为了日后阅读查找时的便利；同门相依，书也找到了自己的位置，她的立锥之地和同伴相邻，那是相辅相成，同一个话题却有自己的声音。都说书是有生命的，唤醒她们，有我的一份功劳，我面对她们时忽然有了一种并非单纯拥有的幸福感。

坐拥书城是爱书人的奢望，可坐拥书墙却是眼前的现实，那种满足难以言表。书除了可以阅读外，她的身姿还可以以一种五彩斑斓的变化展示自己的魅力,"书中自有颜如玉"的幻觉其实就在我的眼前。

当书以群体的面貌出现在你的眼前时,相依相偎,我觉得书比人单纯可爱得多。书墙已起,探索的缘由也将可以重新开始……

书房里的灯具,除了书桌上的民国银行台灯,大灯是从房顶用铁链延伸下来的锅盖灯,形状有点怪异的爱迪生灯泡散发出暗黄色的灯光,也许可以将时间暂时地凝固在你幻想出的旧时光。壁灯是那种有着中国传统元素的灯,灯架支撑起镂空青花灯罩,可遗憾的是打开它的时候,并没有多少悠远的意境效果,就当装饰用了。还是落地灯有点小清新,用笔记本在罗汉床上上网时,它可以助我按键盘时不至于打错字。

我是一个爱书的人,也是个爱灯的人,我把书和灯安放在书房里,我的灵魂便有了新的落脚点。

回首书房的变迁,这三十多年来,是书一直陪伴着我,从少年到青年到中年,也必将陪伴着我到老年。在这个世界上,真有那么一小众人,生来就迷恋书籍,一生和书结缘,与书相伴,至死终老,不离不弃。书籍就像是他们的初恋情人,总带着情窦初开的青涩情谊,又是能与之偕老的人生伴侣,既美好又忠诚。如果我也算是个读书人,必定会将对书的热爱融入到书房的情结中,继续做着那个书房梦,什么时候能拥有一座藏书楼?

我的书房

易卫东

我的书房叫"有不读斋"。有一间自己的书房，向来是爱读书的人所希望的，在里面存放几本自己爱读的闲书，然后又取个别人不用的斋啊轩之类的名字，是读书人雅玩的闲趣，我自不能免俗。我的斋名原无什么深意，有了网络之后，我上网也用这个名字，久之，却有了一点误解。有一位杂览群书、号称敢折腾的抟扶摇先生就以钱锺书所谓"没有想到世界上还有这么多我不要读的书"加以比附，说我的斋号"万丈光焰"，令我愧不敢当。

读书人常常是很虚荣的。看到人家读过什么书，或者大家都说读过什么书，就会赶紧附和，表示这个"我也读过"。"我也读过"是一个万能的标签，如果是众口一词的好书，荣登年度十佳书榜，那就足以说明你没有落伍于时代，没有在"读书人"里失了群；如果是生僻的冷门秘籍，那就足以说明你学识渊博，视野开阔，蹊径独辟，有江河不择细流的宏伟襟怀。而有些时候，你也可以豪情万丈地说一声"不"："这书我是不要读的。""我不读它"与"我也读过"有异曲同工的神奇，足以表示你道行高超，读物不入法眼，或学识超拔，对之不屑一顾。

然而可惜，我的"有不读斋"不是"皕宋楼""芷兰斋"那样的炫富体（据说"芷兰"是"烂纸"的反讽），亦非"六场绝缘"那样的励志型，只是一个恐怕连店幌的功能也抵不得的记号。书海浩瀚，许多书我无缘得见，没有附和"我也读过"的机会；术无专攻，许多书我纵使读也难登奥堂，当然更没有胡说"我不读它"的勇气。我舌耕于三尺讲台，沉浮在高考题海，留得看几页闲书的时间实在有限，只好先尽了自己的趣味和有限的接受水平，自觉无趣的书只好不读，自知不懂的书只好不读，读得来缠夹不清的书，当然也只好不读。现在也说不清楚是因为什么，养成了一个书非买不能读的习惯，觉得可读或必要一读的书，都要买来，久之，也就积存了几千册。前一阵申报"书香之家"，要填表说明"藏书类别"，才幡然发现，自己所读之书杂而无类，不成气候。

论起专业来，我学的是数学，可是书房里数学专著实在有限，既没有解题辞典，也未藏方法大全。小时候迷过一阵数学史，曾经爱之如宝的《古今数学思想》如今也束之高阁，上世纪八十年代上海科技出版社出版的"数学小丛书"搜求过好些种，久矣乎不读它们也有三十年了。论起职业来，我是一名教师，可是我的书房里教育理论著作也非常有限。教育学当然是读过的，心理学当然是读过的，教育心理学当然也是读过的，年轻时候也想过要做一名好老师，沉迷于心理学，不只是儿童心理学、情绪心理学，后来还旁及妇女心理学、变态心理学乃至社会心理学的各个层面，教育学的著作则是从苏霍姆林斯基到巴班斯基、赞可夫之类，而又夸美纽斯，而又杜威，而又皮亚杰，读过也就读过了，它们究竟发挥过什么作用，只好不去说它。如今这些东西，久矣乎不读它们也有二十年了。

文史类的书籍积存得稍多一些，自然也格调不高，品类不全。外国小说是上学的时候从图书馆借来看的，那个时候不懂得欣赏，又贪多图快，只是囫囵吞枣，像《战争与和平》这样的大部头，也就是看看描写爱情的部分，宏大的战争场面都跳过不读。如今年纪大了，怀旧心理作祟，很想找回小时候读过的外国小说来重读，于是在旧书摊上收回好些上世纪八十年代出版的网格本之类，然而重读也终于没有下决心。好多次在电视上看到有人到美国讲美国文学，到法国讲法国文学，到俄罗斯讲俄国文学，羡慕得紧。静心回忆，依稀仿佛人家读过的好些书我也读过，可惜早已说不出一个所以然了。

如果大言不惭，也许可以说中国现代文学是我稍微熟悉一些的东西，还真是曾按照唐弢先生编的文学史一路排查式地读过一些。论起来，有不读斋里大约能说说的，不过是鲁郭茅巴老曹，然而据说，这些早已不时兴了。呜呼，要向人家介绍一下自己的书房，一时倒成了一个难题。反正也有人说，不要带人家进你的书房，那么，我正好打住。

我还记得王稼句先生说，书房是我"日日周旋的隙地，当然也未必在那里埋头做什么，正像一个老农，有时候也背着手徘徊，或蹲在田埂上抽一袋烟"。我的书房很小，我只用它存些自己爱读的书籍，我在夜晚的书桌前拧亮一盏台灯，只照亮眼前的方寸之地，它让我的心沉入清雅世界，与俗世作短暂的隔断。

盈水轩记

袁 滨

书房是一个人的后花园，也是读书人的精神高地。我的书房很一般，装修时，首先就是设计了一面墙五个大书架，当时的存书放了一半，许多书还是无法安置，只好把一些不常用的书放到阳台、车库和储藏室，所以一般跟人羞于提及书房。记得有一年王稼句兄和止庵兄来寒舍，看了一圈还在找，说"你的书呢？"真是惭愧煞也。随着不断购书，不断更新换代，后来又在客厅增加了两面墙十个书架，尽管还有放不下的书，但挑挑选选，尽量把心仪的书都上架了。我始终有个落伍的观点，以为皇帝后宫佳丽三千人，我们的存书也保持在这个数上就挺好，挺吉利，找书也方便。说实在话，就这三千，也不见得都读了一遍。窃以为，存书要依自己的专业爱好去有意识地积累，天下好书多得是，什么都存，子子孙孙都存不完，何苦呢。弱水三千，取其一瓢，这是读书的境界，也应是藏书聚书的参照。喜欢的就多读一点，存一

点，成为一个系列、系统最佳，成不了大气候，财力有限，居所
有限，那也别灰心，有一点小特色，小家碧玉也春色满园，孤芳
自赏，自娱自乐，倒也趣味横生。我曾去过王稼句兄等大家气象
的书房，那是书屋、书楼了，汗牛充栋，大开眼界，不亦快哉。不
过人家成果也多，著作等身，我等虽羡慕至极，却也望尘莫及，
真是如古人所说的那样：坐观垂钓者，徒有羡鱼情。

　　我的书斋现在叫作"盈水轩"，别无深意，因为是水命人，
名字有水字旁，喜欢古诗"盈盈一水间，脉脉不得语"的意境，
读书人少说为佳，把书视为红颜知己，与其脉脉相视，陶然醉
也。另外，上下五千年流动的文化之河，何尝不是盈盈之水奔流
不息的情景呢。何况，水能镇火，火乃书之敌人，有此水镇之，
平安祥和，想想也是心旷神怡。因此，我分别请书法家王学仲、
书画家丰一吟、作家韩石山、唐宋元，学者王稼句、徐重庆等以
及其他有缘的作家艺术家题写了"盈水轩"斋名，轮流欣赏悬
挂，如数家珍，兹不一一。至于书房主体，我的存书大约万卷上
下，没有仔细统计，所谓古籍珍刊一本也没有，却都是内心喜欢
的，是自己视为珍存的爱物，这又是可谓金不换的。我的书说起
来以中国一九四九年后的文学版本为主，一是作家张炜的专题，
目前有五百多种海内外不同版本，其中三百多种是张炜先生的
签名本，曾在济南最有名的泉城路新华书店和青岛书城分别举

办"张炜著作版本手稿展"，获得极大成功，颇有影响。二是当代作家签名本、毛边本，大概挑选的精品类签名本有五百多种，像贾平凹、铁凝、苏童、格非、余华、陆文夫、冯骥才、何士光、王跃文、曹文轩、峻青、王学仲、姜德明、袁鹰、黄宗江、叶文玲、来新夏、流沙河、孟伟哉等等，其中王稼句的签名本就有近六十种。三是一九七〇年代以来知名刊物创刊号，有上百种，像《当代》《十月》《收获》《花城》《清明》《江南》《芙蓉》《大家》《百花洲》《小说界》《中国作家》《青年作家》《青春》《译林》《读书》《随笔》《散文》等，其中《当代》《小说选刊》《小说月报》是从创刊号至今一直订阅的，还有全套的《人民电影》《电影新时代》等。四是中国现当代作家文集、全集，也有几十种，像《梁实秋文集》《胡适文集》《郁达夫文集》《沈从文文集》《茅盾文集》《巴金文集》《俞平伯全集》《郑振铎全集》《三松堂全集》《阿英全集》《王瑶全集》《孙犁全集》等，其中台湾版陈映真主编的《诺贝尔文学奖全集》就有六十三册。

我所存所读实在戋戋，才疏学浅，小本经营，也只好这样了。但还有几句补充，权作调料。那就是寒舍所谓四壁，入乡随俗地悬挂了不少诗友的字画，情意在焉，如见斯人，常暖心怀。像客厅里，就悬挂了何满子先生题赠的墨宝，据说流沙河先生家里也有同样内容的一幅，那诗是吟淄博锦秋湖的，相传是战国鲁仲连的故居："葭芦乍上满湖青，小艇如梭一篙轻。义士归来天地暗，无人抵掌话连衡。"厅里另有韩石山先生的书法，意思也很好，是傅青主的诗："江北无梅只有雪，寒空万里清而洁。兴来写得一枝春，人力能补天地缺。"厅里还有一幅小小的山水画，是本地知名画家的作品，我用两句小诗概括了一下："枫山凝脂韵如诗，水流宛转树萋萋。云林皴墨尽染处，闲对古亭起幽思。"没有事的时候，我最喜欢看看著名诗人阿红老师写的"诗书天趣"，感受到一股清气扑面，也让蓬荜生辉，引来无限遐思。

二〇一五年九月二十日，恰逢周日，新秋气爽，晨起漫笔，信马由缰，应命作文以记之，颇念小杜"南山与秋色，气势两相高"之境矣。

我的书斋

赵龙江

祖上并非书香人家，更没有一间被称作"书斋"的房子。记忆中长辈也未曾传给我一本像样的藏书。我儿时的阅读，主要是依靠父母从单位借回的一些读物，大约是英雄人物故事、科普常识之类，具体书名现在已茫然不复记忆。只记得有一年小学放寒假时，我回到黄土高原老家，在所住窑洞，无意中见到一本破烂的章回小说《说岳全传》，边角卷曲，且有缺失，显然已被无数次地翻过。我被书中情节深深吸引着，硬是自首彻尾一字不遗地读过，若论看过的第一本喜欢的书，那就非它莫属了。回想当年在油灯下，若饥者求食般的读书情形，恍如昨日事。年光驹隙，转眼已陈，但留下的记忆却是美的。

书斋旧时只是高门大户、贵胄显宦所专有，我最初只在影视作品中看到过它的古趣和气派。古今中外风格不同，而大多典雅有致，东坡诗中"雨昏石砚寒云色，风动牙签乱叶声"便是中式书斋的写照。我也曾有过书斋梦，幻想着四壁书籍盈架累屋，朝夕流连其中，认为那才是神仙般生活……梦醒后则怅然于枕上久之。

无疑，书籍是书斋之中最为重要的元素。我购置的第一本书，以及购买的时间地点，现在已很难记得。虽努力回想，却始终没能记起。而我有目的买书，大约是在上世纪八十年代中期，那时知识重新吃香，文凭受到重视。我也在那时随潮流上了职工夜大，念中文。记得每次上课途中，总要路过城区的几家旧书店。若没有特殊事情，也总要进店浏览，有时也买上一两本。那时工资很低，能够温饱已经大大不易，窘于财力，所购大体为普及读物及寻常小册，且多以贱值得之，大部头则不敢问津，即使所费无多，亦常常未到月杪而囊钱已罄。但买书欲望始终未减。节啬衣食，铢积寸累，我的存书很快填满了家中唯一的推拉玻璃门书柜。望着眼前的"战利品"，内心的怡然诗意，非会心人不能知晓。

随着市场经济的活络，街头地摊和跳蚤市场渐渐出现并不断扩大。那里旧书品种多，售价更廉，每当我囊橐中稍有余裕，必定往视巡阅，挑到好书，真如窭人获至宝，常常是一摞摞捆载而归。书柜已满，只能堆放于卧室墙角边，但我仍不肯罢手，真是欲壑难平，书瘾难戒，又如春蚕作茧不能自脱。当年与妻子谈恋爱，我也常常把她往书店里领，妻子至今还常常提及。

及至上世纪九十年代，我在单位分得一间合租房，在不足十五平方米的屋内，除去一张必要的单人床，我又自画图纸，请人定做了五个两米多高的书柜。有了往日经验，我把每个书柜设计成八格，且内外两排，最大限度利用空间。房间未置桌椅，我的读书写字都是在床上完成的。这是我第一次有了自己的书房，喜悦之情，难以用语言传达。因为在使用上又有卧房功能，所以权且称作"准书房"。即使条件简陋，我也是大大满足了。

十年前单位又分我一套两室一厅，这再次刺激了我的买书神经。那时妻子生了女儿，生活空间不足供用，我把她们送回了娘家。为此，我一直愧对她们，妻子的理解也至今让我感动。终于有了真正的单独书房，在朋辈中也不多见，兴奋之情可想。两间屋均南向，西为卧房，夏日闷热难耐。窗外紧邻一排高大槐树，总是蝉声高鸣，遂名其曰"听蝉室"；书房靠东，夏凉冬暖，地处清静，读书作字甚属相宜，便称作"闲静庐"，期公忙之余，涤滤却烦，怡养心神。有联语云："时向静中寻至乐，偷从忙里读奇书。"多少年来，我一直钟情于万籁无声、萧然一室之趣，室内图书插架，佳晨良夜，展卷摩挲。或品茗读书阅报，或邀稔友清谈，有兴时稍稍临池，小有清致，心志怡然，有益于己，无害于人……这种佳趣，也只能于意会中得之。

这几年物价腾贵，旧书价格不断翻涨，以致市肆萧索，佳者寥寥，偶然见到好书，也只是饱眼福而已，常常是徒劳寡获，败兴而返。这便让我常常怀念起十几二十年前旧时光。追念往事，真如梦寐。如今我只能偶尔买几本新书消遣。白天公务繁杂，俗事聒扰，下班后便敛门不出，在自己的小天地或翻书遣闷，或临池自乐。有时随意取一册泛览，东阅一篇，西读一段，一日意倦会暂时忘却。睡前往往看杂记逸事之类，观之可略不用心，阅到倦时拥被便睡，故寝甚酣适。若兴趣浓厚，或许读之忘倦，有时竟到东方初明，甚至旭日满窗。

如今我的书房有大小书柜（架）十具，多为高层双排。另有茶几大小各一，均为书册所占据。地面、屋角还堆放几摞，暂时无处安置。桌面尚不拥挤，台灯外只放书本十几册，又有笔墨文具等。为款客，室内置单人沙发两个，又有茶杯一双。此外门厅有大小书架各一，壁橱又有大纸箱数个，内存书刊数百册。厅内小桌置一音响，休憩时可欣赏CD。卧室放一小书橱，码放各类杂书。另枕旁、床头及餐桌等处亦有闲书数册，供随时翻阅。

历年所购，至今累计大概两万余册，其中既无明清佳椠，亦少旧本名钞，只是力所能及，所购不过前人笔记、诗词等寻常文史书籍，偏于广博而忽于专门，固然不入鉴藏家法眼，只是无聊时拿来遣寂而已。更何况可增益孤陋，有裨智识，较之溺于声色场之游手棍徒，充实而高尚。随着书籍数量的不断增加，我的书房又处在超负荷状态，有时为寻找一本书翻箱倒柜，检阅甚劳，有些则遍索无踪。我又幻想着，什么时候才能有更大的书房？

我的书斋"半瓶庐"

张进良

"半瓶庐"是我沿用了二十多年的书斋号。说是书斋，其实一直也没有具体的地方。有的时候在吃饭睡觉的家里，有的时候在维持生计的小店里，有的时候在奔波的路上。说句心里话，我是一直把它放在心里的。有语云，"书房斋号纸（印）上造"，我则是书房斋号心里留。我的所思所想，都在我心里的书房里解决。哈姆雷特说过一句很有意思的话，你即便把我放在火柴盒里，我也是无限空间的主宰者，内心是无限大的。

不记得当时取"半瓶庐"的缘由了，只是觉得自己读书、爱好皆芜杂，所涉各项均不求甚解，仅得其皮毛而已。虽年过不惑，每每总是"抟沙不聚"。余之水平正居一瓶不满、半瓶晃荡之境界。不说别的，单说篆刻吧，虽说捉刀弄石已有二十多年了，可总是说得多，刻得少。轻易碰不到一个对路的，一旦碰上，如再喝上半瓶老白干，那就什么秦汉玺印、唐宋官印、明清流派印；什么吴昌硕、齐白石、黄士陵；什么当代篆刻领军人物韩天衡、石开、王镛、徐正濂；什么少壮新锐鞠稚儒、冯宝麟……于是有人说我，说得比刻得好。渐渐说得也少了，于是又付之于笔头，以世说笔法辑录"半瓶庐闲话"，散见于《美术报》《书法报》等报刊。

曾见清人李密庵作《半半歌》，不妨节录如下："看破浮生过半，半之受用无边。半中岁月尽悠闲，半里乾坤宽展。半郭半乡春舍，半山半水田园。半耕半读半经廛，……心情半佛半神仙，姓字半藏半显。一半还之天地，让将一半人间。半思后代与沧田，半想阎罗怎见。饮酒半酣正好，花开半时偏妍。帆张半扇免翻颠，马放半缰稳便。半少却饶滋味，半多反厌纠缠。百年苦乐半相参，会占便宜只半。"瞧，这"半"字的学问还真不少，古人云："满招损，谦受益。"诚如老子所言"不欲盈"。这地道的"中庸"哲学，让我受用平生。

这应是我自名书斋"半瓶庐"的雅趣了吧。

我的某某斋

张维祥

我爱书，其实是病态的。与年少时的那些辛酸书事不无关系。

爸爸是小学老师，小时候，家里有一些存书。但那些微不足道的书，在我小学三年级时就读得差不多了。爸爸看我百无聊赖，从学校图书室给我借来《孙敬修演讲故事大全》《傅雷家书》和一些零星的《儿童画报》《少年作文》，晚上做完作业，就在昏黄的灯光下，开垦自己的心灵荒地。

上世纪九十年代初期，素质教育还未提及，小学教育还处于蛮荒阶段，家庭作业是每个孩子的沉重负累，我也难以幸免。但爸爸是开明的，他不赞成很多的家庭作业，有时候会在妈妈的唠叨下模仿我的笔迹给我写上几页。而我就在一旁，捧读他费心带回来的各种书。然而，穷困闭塞的西北农村小学，那点藏书根本满足不了一个孩子的贪婪的求知欲。我不分良莠，什么书刊都看,《杨家将演义》《案中案》《故事会》《今古传奇》,后来连爸爸所有的《半月谈》杂志和八十年代的政治资料都翻看了,爸爸的中师进修教材、《语法修辞讲座》也没放过。跟小伙伴们的交流,就完全是连环画了。为了要回自己的《血战梅河口》和《慈禧墓珍宝失盗案》,还和小伙伴翻了脸。

以上这些可堪追忆,不堪追忆的是,我为看书挨过打、挨过侮辱。小学时有一天中午饭罢在看《儿童画报》时,老校长突袭,叫去用板子打了手。刚上初一,数学老师闲得某部位发疼,竟然搜起小伙伴的书桌来。他毫无悬念地首先就从我书桌里搜出一份杂志来,那是我和同学借的,封面有一大美女。这是上世纪九十年代杂志通行的营销手法,内容绝对无碍。"看看,这是色情书啊,都说你作文写得好,原来是这书看的啊!"极尽挖苦之能事。我脸皮儿薄,当时窘态可想而知。从此,我不再学数学,不再向他请益,之后任何的交往都难以改变当初的芥蒂。那时候台海局势动荡,我还从各种报刊上搜集台湾方面的信息,还曾和小伙伴相约晚上去撬报亭,弄些杂志来看。但善念最终说服了自己。把人逼到这份上了,现在想想,真够艰苦的。

我学法律,但在大学里编辑过校报。这点不算经验的经验,让我能够进入出版系统的报刊社,做了《藏书报》的编辑。《藏书报》这份工作,更让我无论如何也离不开书了,业务是书,业余也是书。

我自己买书，买得多了，女儿张葡萄也跟着要买。有了两室的房子，一室就是我的卧室兼我和女儿的"书房"了。我的书都是自己喜欢的，不喜欢的不会往家里带，会送人或者及时处理。我最珍视的是朋友们送我的书，一时难以胜数，比如姜德明、韦泱、由国庆、安武林、吴心海、顾国华、沈文冲、眉睫、孙卫卫、黄显功、谭旭东……要穷尽的话，是要翻出来检视一遍的。看我忙，好朋友杨建还经常买书送我，冯传友老兄人热情，有了复本，会偶尔送我。在石家庄的周金冠老人以及少文、红亚也经常送我书，周金冠先生送过我一册晨光出版社的《英国版画集》。我的管理能力很差，老丢三落四，但是只要想起哪本书，我还是能很快找出来的。这是和书的心灵感应。

一些书是用来读的，而一些书是用来藏的。这些收藏，大多数是为了工作，为了和藏友们能有个对话的资格才涉猎。但都是皮毛之功，薪水微薄，不敢贪多。

书柜里有几册从拍卖场上竞来的古籍。我关注最多的是那几册文集。《曝书亭集词注》，当时拍卖公司的注释是共七卷，惜缺。缺何卷他们没说。我刚拿到手时，有些微蛀，想想还不全，心里老大郁闷，怪自己没亲自去看预展。今天逐一翻阅，竟发现七卷合为四册，其实一点都不缺。拍卖公司的注释，大多东抄西挪，想不到成就了我的美梦。我买书有时候也把持不住。去年书市花五百元从旧书商手里买来三册民国《实报半月刊》，赵国忠先生一听我说，就着急了，贵了不是一点半点。

外文书，有网拍到的赛珍珠的著作 China sky（《中国天空》），一九四二年纽约版，三面刷红，品相一流。我的柜子里还有一册德龄公主的精装毛边英文本《叩头》，夸张的日式版画，让我曾垂涎了好一阵子，后来还是狠狠心买了下来。英文书里还有一套十五本的精装《环球影集》，是我最称心的摄影地理资料，装帧也棒极了。那会儿想买的还有一册董桥所说的《烧猪文论》，他大概没花钱，却说得我为之动心不已。但大把银子买一册日式漫画英语文字，想想还是有所不值。重新检视自己的英文藏书，真是一件痛苦的事情。刚搞藏书时，买过一册精装三面刷金的首版《戈登将军的一生》，里面的铜版画，漂亮自不必说，而且有许多太平天国的史料。当时葡萄新生，薪水又少，不到两个月，我就拿书给娃换了奶粉钱，虽出价翻倍，但今天花四倍价钱也买不到我称心的版本了。

接受过的馈赠，我都记在心里，有些会显摆，有些则不然，怕给别人添麻烦："你都送他了，还有吗？"显摆过的有老作家徐光耀、广东作协副主席廖琪、著名书画家罗云的书法，吴浩然的漫画也没少给过我。春节回家路过西安，文川兄也送我一幅《贵妃出浴》的拓片，却没敢显摆。

　　没有像样的书房，也没有以广流传的斋号，我至今也想不好斋号该叫啥。我是陇东人，曾想叫"得陇斋"，想想还是算了，离家多年，难以触及了。叫"守株轩"？我还算执着和坚毅，要不也不会在一个工作岗位上干够十年。但想想也还是算了，显得多么愚蠢！终归还是算了，等有了大书房，再说吧。

【辑五】 书房漫步

书房记

古 农

关于书房，我非常激赏周有光先生"心宽室自大，室小心乃宽"的哲学思想；亦叹服李福眠先生"心灵晤对前人之时，铺纸写作之地，即为书房。而牛背阅读，倚马挥书，大块假我以文章，那才是臻境。陋屋出精品，无所谓书房不书房"。还有陈子善"书房是他与中外先哲今贤心神交会之处，是他的独立思想得以萌生的策源地，也是他的自由精神得以休憩的理想场所"和流沙河先生"室内决不装修，水泥地面，白灰刷墙，要让房屋也能呼吸，把它当作活物看待。我爱我的书室，唯此为我灵魂之所安也"。均深深引起我的共鸣。是的，这就是我的书房所期许的精神和内涵。

从小就梦想着有一间完全属于自己的屋子用来读书，也羡慕极了那些拥有书房的人，每每翻看一些书房的照片，心中总是涌动着无限的激情和向往，盼望哪天自己也能拥有这样的屋子，在书山文海里自由徜徉。

我从读高中时开始自己买书，每个月都会压缩我的饭费，用一半以上来买书和文学期刊。因为家人和老师的反对，买了之后只能偷偷地锁在课桌里。但越攒越多，小小的书桌显然装不下，便开始转移到学校文学社一间小小活动室的书柜里。当然，那间活动室不是我独享，尽管我经常在下午的自习课时间来这里阅读诗歌、小说、散文，天天做着文学家的梦。

工作后不久有了自己的一间卧室兼书房，一桌、一椅、一柜、一床而已。那年冬天我在乡下宅院养病，父亲把一大间屋子给我腾出来，中间做了隔断，里面一间是卧室兼书房，外面一间是烧暖气的火炉，还有一组旧沙发。我就像一个老叟，老气横秋地缩在这间屋子里，读着一些老气横秋的书，每天以"闲适"自居，以围炉翻书为乐。书并不多，有些所谓的"名著"，还有一些医书，如《伤寒杂病论》《金匮要略》《温病条辨》《千金方》《脉诊》等，还有一些套书，如《丰子恺全集》《朱自清全集》《林语堂全集》，等等。但是，这些套书多为摆设，我至今也没有认真而完整地细读一遍。然而那样一个读书的氛围，伴着暖暖的炉火，现在想起来依然浑身温暖。最难忘的是那个冬天，母亲每天很早就把炉火升得旺旺的，给我煎好了汤药，喊我起床喝。小小的居室里便飘满了浓浓的中药味道，伴着书香，别有

一番滋味。另外难忘的事，是有一年的夏天，老舍夫人胡絜青老
人给我题写了书房的名字：耕读堂。而那一年的秋天，我开始了
与"日记研究第一人"陈左高先生的书信往来。在乡下收到先生
们的墨宝格外有一种意外惊喜，印象非常深刻。以致后来跟舒
乙先生说起他母亲题字这段故事，他也感慨不已。

以后，随着工作的变换，每到一城一地，书总会跟随着我，
如影随形，真可谓亦书亦生活。不管是租赁的居室，还是自购的
房屋，书房必是我最看重、最用心布置的一处。而不管什么样的
房子，也总会因为有了这间或大或小的书房而格外显得书香氤
氲，生活也格外有声有色。起初很引以为豪，自得其乐，兴致也
高涨；后来越来越深受其累，简直成了负担。因为每次搬家，书
总是让我最头大，也总是令搬家公司最厌烦，因为书重而多，他
们最费气力。

上世纪九十年代我定居济南，藏书已经初见规模。我找人
定做了几架蛮像样子的书柜，把从全国各地淘购的书籍分门别
类摆上去，还学孙犁先生，为一些旧书包了书衣。书房依然用名
"耕读堂"，长沙的何光岳先生撰写了《耕读堂记》，以兹鼓励。
先生已驾鹤西去，移录旧文，作为纪念：

　　昔有钱谦益之耦耕堂，今有于晓明之耕读堂。古今相映，令
文人为之增色。盖儒士以耕读明志，雅士以耕读娱天，狂士以

耕读傲世，才士以耕读舒怀，趋之不同，而兴则归一。然为宦辈所鄙，贾侪所讥，缁流所弃，浪群所嫌，皆不屑一顾。以至本末倒置，而万民难安其所，则纷乱滋生，世难安定。

是故于君有先晓之明，署其堂为耕读堂，以养浩然之气，以冶天然之性。立道以洁其身，食力以全其行。不效世俗之俯仰吹拍，不坠文痞之剽窃诽谤，不仰官场之青红黑白，不迷街市之酒色财气。终日评论于纸坛之中，耕读于砚台之上，自以为得，自以为乐，雍雍然于天下同好者共通，日记其事，夜思其为，而乐此不疲，愿终其身而不悔，愿安其贫而不惜。缘耕读以终其生，广交友以联其学，循环于耕读之间，徘徊于纸砚之内，几忘人间有富贵贫贱，悲喜忧乐。全不为之动心，皆不为之变意，是古儒士之风也。故乐为之作记。

书越积越多，尤其在上世纪九十年代末，我自费创办了《日记报》之后，像一枚石子打漂在水上生发出的涟漪，一圈一圈，慢慢在全国小有影响。各地的文友书友越来越多，他们每每有新书出版，总会签名送我。这些书是我最珍贵的收藏，即使后来颠沛流离、居无定所，这些书也多半跟随我四处辗转而不离不弃。为了让这些书发挥更大的价值，我到大学工作后，选了其中的几百册，无偿捐献给这所大学的图书馆了。

新世纪之初，我到北京打拼事业，几年后购置了房舍。终于可以按照自己的意愿装修布置一间完全属于自己的书房了。其实，这才是我真正意义上第一次拥有自己的书房。生活在喧嚣的都市，我多么希望能让自己的心安顿下来，静心则专、静居则安、静思则明、静默则熟，于是取名"静庐"，并请王学仲先生题写了匾额（后来黄裳、流沙河、忆明珠、周退密、峻青、范曾、韩羽等几位先生也题赠了斋名墨宝）。与济南的"淡庐"、"潜庐"一脉相通，被好事者称为山东"三庐"，也有朋友写了吹捧文章曰《齐鲁三士》公开发表。这间书房或许有点奢侈，足有七八十平方米，按照我喜欢的样式定做了古典风格的大书桌和十几个书柜书架，还有圈椅和老式方桌条几。书柜和书架是书房的灵魂。——起初我不懂，也没有什么深刻的体会。所以，我最早的书房，是有书房而无书架的。所有的书都堆放在桌凳上、床上、地上。一堆一堆，此起彼伏，仿佛一个杂货场。我见过济南大学一个书友的书房，也是没有书架，所有的书堆在房屋的中央，像一座小山一样。也见过成都一个书友的书房，所有的书都堆在水泥地上，每一个房间都堆满了书，但这些书很多受潮，上面也布满了灰尘。从北京的书房开始，我才认真考虑书架的事，但也远远没有达到凸显书之灵魂的效果。我的梦想，是根据每本书作者的个性来制作书架，不同造型的书架就像阅读的延伸，就像书的血脉，布满整个书房。如果说书是流动的音乐，那书架就该是灵动的舞蹈。两者浑然一体。

在这里，我接待过很多全国各地来的文友书友，便有朋友拍了照片发到博客里，竟然被读者误以为我的那些书桌书柜是黄花梨做的，吐槽炫富，吓得我赶紧让朋友把照片删除了。其实那不过是有些年岁的老榆木而已。跟随我奔波多年的近两万多"书妃"们终于有了自己的安身之所。我花了一个多月的时间，把她们安置好。坐在地上，一排排望过去，心里也不禁生发出些许感慨呢。移居"静庐"的第二年，我撰写了一篇千字文《静庐志》，其中有言："为谋稻粱辗转南北，为求学问奔波东西。居无定所而心有所依，身处闹市而心归书林。朝起临商海，暮归耕书田。静居小楼，拥书万卷。夏聆虫鸣秋赏菊，雪看梅花雨听莺。静中独处之妙，非心静而不可得。"

是的，静中独处之妙，非心静而不可得。而读书之妙，亦与书房无关，更与书房大小、装修简奢无关。读书之妙，唯心境而已。

书间的幽光

黄 涌

已经记不清是什么时候开始喜欢上书了,但是对书房的渴望却一直停留在记忆最深处。早些年,因为家境贫寒,一直都没有属于自己的独立房间。儿时对书房的记忆是混合在报纸、书籍和旧课本之间。那时,两个哥哥共享一间书房,用于读书考学之用,而我则被排斥在书房外。偶尔,会偷偷溜进去,望着贴满报纸的房间,忽然产生了一种奇异的诡想。那时的感觉是,假如有一天自己能拥有这样一所粘满报纸的房间,那该有多美好啊!再后来,偶然从一位朋友的文章里读到类似的体验,倍感亲切——

多少年以后,当我回忆起上个世纪六七十年代糊满旧报纸的居所时,忽然有了一种奇异的感觉。在那印满时政新闻、批判文章和领袖影像的老报纸中生活,如今想来已具有某种象征和寓言意味。尽管它是当时中国民间较为普遍的生存图式,但就人的精神成长史而言,几乎没有人不是吃着各种各样写满字迹的纸长大的，他们将这些纸消化、吸收然后再吐出来，变成一摞摞新的写满字迹的纸……

（苍耳《纸人笔记·序》）

随着年岁的增长，买书渐成生活中不可或缺的一部分。这时候对书房的渴望更是与日俱增，常常面对着携带在身边的这些笨重的书发出感慨：啥时能够给你们找一个安身之所啊？书房于我，仿佛是一个悠远的梦，在怅惘中略带着些甜美。然而，这种梦却一直等到工作以后，还仅是一个梦而已，似乎总不能圆。因为工作的不稳定，书便随着自己的搬迁而不断地被挪动。从东到西，一直在散落，一直在追随，然后又不断地被聚集着。

记得第一次走上工作岗位，单位给分了一间单身宿舍，第一次有了自己的书架。住进宿舍的当晚，我便在日记里深情地写下如下的话：

终于有了一间自己的书房，幸福。

其实幸福的只是读书自身而已，而不是对书房的占有，但是能够拥有一个属于自己的独立阅读空间，排除了各种喧嚣的叨扰，静静走进书本身，终究是一件非常美好的事！

有了家，也就意味着有了真正意义上的书房。时常躲在房间里痴想，自己的书房该是个什么样子呢？是积书满架后环睹皆书，还是用灯光漂白着书墙，而后一个人静静坐在书架下，兴致所向，便随便翻翻。这情致，颇有点类似于陶渊明"好读书，不求甚解。每有会意，便欣然忘食"的范儿，只是陶翁好酒，能从酒中寻得真味，而我却不善饮酒，徒有一番钦慕先贤的心绪。

偶尔会泡上一壶清茶，同几个朋友一道，在书房里聊天，书读不读并不重要，重要的是尽兴而尽意。谈天说地，或者任意抽出书架上的一本书，聊聊读的感受，话语轻盈而不腻味，再慢品着壶中的清茶，书味与茶味相融，渐渐销蚀这耐人的时光。

到朋友家去，最喜欢张望的风景便是他的书房。书房里有什么样的景致，大体可以看出朋友有什么样的修养和品味。只是，在这个浮躁的时代，常有人借书来装点自己。和朋友聊天，说起那些好夸耀自己书房，积书满屋，面积甚大，颇为自得的人时，在艳羡的同时总不由想起少时诵过的袁枚老先生那句名言"书非借不能读也"。假如藏书也可以成为一种骄傲的资本，这资本未免过于渺小。

读书，其实随心而尽意最好。书房不宜幽深，独语也好，宣讲也罢，书后面的是无数颗灵魂的自语。面对着书，也就是跟书后面的无数颗灵魂做着交流。读书人要有自己的江山，书不老，心灵的江山也会常青。

早已不习惯在书房里正襟危坐地读书了，书便四散在家中各处，床头尤甚，常常积书成堆。妻总埋怨着，家里到处都是书，也不好好收拾一番，不是有了书房吗？其实，爱书人读书，常常是随看随扔，如果太整洁了，反倒失掉了读书的乐趣。如此，书房似乎就成了一个摆设。爱书人的书房，并不是为了读书，更像是为了有这么一番景致可供观瞻、畅想与遐思，顺便安顿一下那颗浮于尘世的躁动心灵。

书房里的书，多带有旧日生活的影子和气味。每每逛完书店，手中便多了一本书，随便翻翻也好，任意读读也罢，最后，它们都归于书房里的书架。一本书，可能就记载着一个真实生活里的故事。

看过一本名为《书与人》的书，里面反复提到过一句名言——"书有自己的命运。"其实想来，书房何尝不也有自己的命运呢？宁波的天一阁不是最好的私人书房缩影吗？每个人的书房都会因着它的主人不同，而有着自己不同的命运遭际。

宽敞明亮的书房固然令人艳羡，简陋寒碜的书房却也同样使人惊叹。书房阔不阔气，在书，而不在于房。不读书的人，纵使积书满屋，也只是俗人一个。

观瞻书房里的风景，不在于他的书房多么奢华，多么精致，而是看他拥有了什么样的书或者看他如何去读书。

现在的出版业越来越繁荣了，书的种类也愈来愈多。作家舒国治说："书，永远买不完。买来的书，永远也不够地方放。"是啊，书房虽大，跟书的增长比起来，终究还是有限的。于是，整理书房，便成了爱书人生活的一种。清理一些不要的书，顺便整理出一些需要看的书，把珍爱的书好好保存起来等等，这些都是我每个月整理书房的主要工作。

书友侯磊有一天忽然在QQ群里说，要清出一批书送人，大概也是为书所累而致吧。书太多没地方放了，常令爱书人纠结。书房再大，也经不起书的与日俱增。于是，有人想到了分享。侯兄给我寄了不少好书，其中有一些书是我多年想读而未能读到的。多了，便清整出来分享，大概也是聚书者的一乐吧。

书房应该是敞开的而非封闭的。某一天，一个久违的书友来到我的书房。观瞻了我的书架后，他说："你的书房好在书橱没有玻璃门，是敞开式的。我到过不少藏书家家里，他们有些人的书房，书都隐藏在书橱里，虽然装饰豪华，积书很多，但终究让人看不出他到底藏了哪些书。这些羞于见人的藏书，又有什么意义呢！"

其实，书房也好，山川风物也好，能够被观赏，才是美之所在。好的书房就是一道美丽风景线，不应该独享，敞开了方才有自身的意义。每夜，我在灯光下翻捡书本，灯光闪映在文字当中，奔袭而至的是旧日生活的影子。

书里有一种光芒，幽幽暗暗的，从书间闪出。我的书房里没有文雅的斋名，有的只是这道幽光。

书房的感想

李剑明

从小喜欢看书，慢慢就形成了终身的习惯，岁月流逝，自然也积累了一大堆的书。有书总得有地方摆放，自然需要一个书房。以前住房条件不允许，没有独立的书房，很多书只有堆在地板上和床铺底下，真是很委屈它们。十余年前有条件搬到大一点的房子，就专门装修了一间书房，打造了书桌和一排很深而且顶天立地的书架，算计着这样可以让我的书好好地站上书架，不再过不见天日的生活。但是对书籍数量的成长速度失算了，几年以后，不仅书架上好多地方内外放了两三层书，连原来淘汰掉放在储藏室的旧书架也重新搬到阳台上再利用了起来，很多书还是不见天日，书架的空间总是跟不上新增长的书籍容量。找书成了书房里的大问题，理书也成了我在书房里经常进行的活动。

为了尽量记清楚书的大致位置，我一般把看过的同样开本的丛书往最里层放，像一套六十册的"书趣丛书"就放在书架的最里面，因为一套书的目录比较方便查，现在又有豆瓣的豆列，书目一搜就出来了，而我这个处女座的人又是有点求全套倾向的丛书控，积累下来的书很多都是某个丛书系列的。我喜欢将它们放在一起，这样同开本的书排在一排可以相对减少对空间的占用，提高书架空间的利用率，否则我的书将会蚕食更多的空间。通过民间读书年会等各种渠道也认识了不少书作者，得到了不少的签名书。这一类书比较特别，应该专门放置。我就把它们都整理放在一起，但这些书的开本就有些凌乱，书架上已经没有足够的空间，又没想好要把哪些书搬离，结果现在我的很多签名本书籍居然就堆放在书桌上面和书桌下的地板上，没法入架。书籍还在不断地增加，很想抽时间清理掉一批不会再看、也感觉没收藏价值的书，可总是找各种借口拖延。这样下来，书逐渐蔓延向客厅，占据了家人的生活的空间，这也是很无奈的事情。

有时候周末有点空，我就坐在书房的地板上，设法从不同的书架上把同一作者或同一主题的书全部找出来放在一起，看着整整一排喜爱的书籍就会觉得特别开心。从一个书架流连到另一个书架，盯着书架上的那些书，这本摸摸，那本动动，然后抽出一大摞可能想翻读的书来，放到书桌上或地板上。这本翻一翻，那本看一看，这本书的装帧好完美，那本的插图特可爱，每一本都留有自己的手泽和经历，每一本都爱不释手，心头会涌动出无边的爱恋和温情。不过我还没有疯狂到要把某个作者的书全部搜齐的程度，毕竟很多文字都会重复收入，造成浪费还是没什么必要的。虽然爱书癖也挺严重了，但还算是能控制在一个合理的范围之内，没有因为买书而太影响到家人的生活，这一点还是挺值得安慰的。

我的书房里没有什么特别珍贵的书籍。古籍我是不藏的，尽量去买旧书和打折书，买的时候抱着"这本进门的书我是一定会读"这样的原则，但是读书的速度却是无论如何赶不上买书的速度。现在电子阅读已经占据了很大的分量，但我还是坚持读很多的纸质书，但再怎么样还是有上千册的书连翻都没有翻过。辛辛苦苦把它们从可能很远的地方带回家，却让它们在一边睡大觉，想起来也觉得对不起它们。

其实我现在除了很重的大部头书籍外已经很少在书房里看书，看书的地点主要是客厅的沙发和卧室的床头两处，如厕的时候也会拿一本书翻几页。用电脑写文章的时候才会在书房待着，平时进书房大多是读到别人提到的什么书，需要找出来参看，那就在各个书架翻箱倒柜地找，经常要搬出一大堆书放在地板上才能找到想要的书。有些书明明记得有，却怎么也找不到，这样的事已经发生过好几次，让人怀疑自己的记忆力。没办法，书架的容纳能力不够，找书确实成了一桩苦差事。但是也会有意想不到的收获，有时候翻半天翻到一本早已经遗忘的书籍，那也是很有乐趣的事儿。现在我尽量将我在豆瓣上有条目的书都做上标记，利用网络给自己建一个书目。但是很多没有书号的就上不了豆瓣，还有一些重号的，一系列一个书号的，种种，还是不可能全部上网，只有拍些封面相片做相册备忘。虽然为此花了好多时间，还是没完全统计清楚，但利用网络搜书的好处确实是明显的。我要查某个作者的书我有哪几本，在自己的书目内用作者名一搜，基本就不大会遗漏。电脑网络这个工具还是得好好利用。

我这人生性懒散，虽然通过阅读周作人、林语堂等人的散文对古代文人的情趣有了些体会，但是实际生活中还是没怎么去模仿古人，这不，书房连个像样的斋名都没有。有一回心血来潮，就借所在小区的名称给书房起了个"崇文居"的名字，一直没找人题写过，直到前年在株洲读书年会上和王稼句老师喝酒聊天，才得机会让他题写了一个书斋名，却一直没给挂到书房的墙上，实在是有些惭愧。看来书趣还不是那么到家的，更多的满足是随意地杂读杂览。

现在做得更多的事是在书房里发呆，有时候就这样看着书架，看这一本，翻一翻那一册，浮想联翩，沉浸其间，乐在其中，感觉很满足。我的一套《简明不列颠百科全书》现在也不会再翻开，但是我从来没有想到要将它清理出去。有书为伴，日子还是快意而充实的。

积树居絮语

姜晓铭

书斋是我品茗夜读、读书、写作、会友的地方，随便翻阅的天地。我的书斋，名"积树居"，取于上世纪八十年代，意为学问之道是一点一滴积累而来的，人生也是如此，我追求有所建树的人生。我的书斋匾有多位书家题写，我最喜时任中共中央委员会委员、人民日报社社长的邵华泽先生题写的法书。先生的字朴实、细腻、浑厚、刚毅，充溢书卷气。我请兴化制匾第十三代传人袁桂宏将邵华泽先生的题字制作成书斋木匾，袁兄采用纯手工四十七道工艺制作而成。

我儿童时代就有两百多本小人书，参加工作后，有了自己可支配的余钱，买书的热情就高涨起来，成了嗜书"瘾君子"，并有了属于自己的两个书架。随着阅读和购书量的增大，书架也渐渐多起来，搬迁新的住房时又做了几个书架，一下子拥有了十个书架，此时的新书与旧籍融为一体。美国历史作家芭芭拉·塔奇曼说:"没有书,历史会暗默,文学会失音,科学会瘫痪,思想会停滞。"面对四壁图书,闲暇之时,随意抽书阅读,也有了《魏书·李谧传》"丈夫拥书万卷,何假南面百城"的感觉。

我将积树居的壁橱进行了扩高扩宽,做了一个八层单排的双门书橱,一层放五十本书,八层可放四百多本书,放置我从旧书摊淘来的书;将原来通往客厅的门改成中间的拉门,在原地做成一个十层单排的三门书橱,一层也可放五十本左右书,十层书架足足放了五百多本书,这些书都是我早年所读的外国文学和古典文学书籍。东面靠窗的一个书架是我刚工作时买的,上面三层放书,底下的柜子放我收集的报纸。办公桌临窗,紫檀的笔架挂着毛笔;桌上放着一大一小两方砚台和一块徽墨,一台电脑。砚台是一方正方形的石砚,一方椭圆形的歙砚。歙砚的上端雕一云中飞龙,砚池右下方有一金星,池中有两块眉纹,此砚抚之,砚池如婴儿之肤,呵之水出。电脑上方是积树居书斋镜匾,两旁有京城著名人物画家张骏先生专门为积树居绘制的《夜读图》和金石学家、书画家、藏书家朱龙湛先生绘的《墨竹图》。我每天随意阅读,获取读书的乐趣,看到喜爱的书就站在这里读半天,领略读书的妙处和欢愉;我也在这里写读书的感悟、话书的絮语和读书生活的点滴感受。

多年来积聚了许多书,一是享受阅读,二是为了写作中查找资料。虽没有什么古籍善本，却也珍藏了一些名家初版本、签名本等。从旧书摊淘书，到买书阅读，聚书成了乐趣，藏书之爱已从这里启程。书房里的三个八层书橱几乎占据了一面墙，我喜爱的《鲁迅全集》《周作人文类编》《孙犁文集》《卡夫卡全集》《茨威格文集》《蒲宁文集》等文集及文史、有关书的书和书话类书、所藏的名家毛边本、签名本大都放在这里。

陈子善先生说："书海无涯，世界上的书实在读不完，但能读到好书，是人生的一大乐趣。"我书架里保存了《芳草地》《藏书》《书人》《崇文》《悦读时代》《越览》等读书刊物；《开卷》创刊至今的各期杂志、特刊以及《开卷文丛》第一辑签名本，第二、三、四辑题签毛边本。《凤凰读书文丛》《开卷书坊》四辑签名本毛边本；《我的书房》《我的书缘》《我的笔名》《我的闲章》题签毛边本。《开卷》所出的书和这么多年所出的杂志，在积树居中占了书架的五层，真是蔚为壮观，拥有《开卷》就拥有了温馨和一份安宁的读书天地。

我书房里的书不是错落有致，而是随手翻读、随手放置的凌乱。立着的书上面压着平放的书，书架到电脑旁的地下又堆起四排一人多高的书。面对书房里的书，我像善待朋友一样，珍惜拥有；书不负人，我不负书。自牧兄曾赠诗："积树居中读书乐，集藏写作自快活。文史小品饶趣味，亦求技巧亦守拙。"现在的书房除了腾出的让人走路的地方，其他地方就几乎都是书了。

　　书斋是我读书编书著文之余之遣性赏读文玩、书画的休闲地。崔文川兄为我专制了两款藏书票，一幅是两只熟透的柿子，象征着硕果累累，另一藏书票，画面以红黑蓝三色为主色调，站立的裸女身披蓝红罗纱，亭亭玉立。这美轮美奂的藏书票给人以美的享受。我在积树居中写作累了就读书放松，读书时间长了就赏玩书桌上的文玩，把玩一把陈年的紫砂壶、欣赏一件明清的瓷器、读一幅心仪的书画，在故纸中找寻往日的故事，阅读书斋中隽永有味的书，不亦快哉。

惭愧有书房

青 鹿

为赶制这篇书房的稿子，专门从书柜里找出一本《我的书房》，想看看天下的读书人如何写自己的书房，可越读越没了底气。非为书中名人大家藏书之巨、书房规模之大给震慑住，许多学腹五车、著作等身的学者，颠沛一世、苦读一生，到头来也没有一间独立像样的书房，藏书不过几千册矣。绿原先生在文中写道："据说爱书的人没有一个书斋，要比未必爱书却拥有很大一个书斋的人多得多。看来，承认自己没有书斋，也用不着难为情。"相比之下，我突然为自己拥有一个很大的书斋，深感难为情起来。我亦爱书，但我的才学配不上书斋的广博，我纷繁芜杂的思欲配不上书斋的专致沉静，我愤世嫉俗的褊狭配不上书斋的安贫乐道。

并非出生书香门第，也并非自幼喜爱读书。在我童年和少年很长一段生命时光里，书几乎是完全缺席的。依稀记得曾到邻居家借阅过几本《山海经》《民间故事》杂志，但我更喜欢临摹里头的插图。及至十六岁，大姐夫来到我家，他应该算是我读书生涯的启蒙人。他从农场的图书馆借来一些文学书籍：《武则天》《钢铁是怎样炼成的》、亦舒、琼瑶，还有《钟山》杂志，里头有篇苏童写猫的小说，那是上世纪八十年代，苏童刚出道。后来，买了苏童的全集，却没找着这篇，怀疑自己记错了，但"两只悬浮于半空绷直了的脚"，却构成了一个少女最初的性幻想。姐夫还为我订了《少男少女》杂志，这算是我拥有的第一本属于自己的书。杂志出自广东省，从中学得几句粤语潮话，将它们大书在黑板报上，很快在校园里播传了洋味的做派。

这以后，走出了农场，到城市里读中专，有了图书馆、新华书店和隔壁师大的旧书市场。书籍的接触面扩大，还结识了几位文学青年，读过几本名著，也写过一篇小说和一笔记本的诗。但终因兴趣太过分散，只在文学世界里蜻蜓点水，未能养成浓厚的兴趣，练成扎实的功底。毕业时，倒也积累了一纸板箱的书。

平生第一次产生想要拥有一个类似书斋的文雅空间的念头，是在一同事家。记得那晚，本来是很多同事一同去聚会的。房间不大，床上、地上挤满了七八个人，我躺在书桌旁的摇椅上。耳畔的录音机正流淌着巴赫的钢琴曲，咖啡静静地立在桌角，飘散着浓香。同事捧出一本自称最昂贵的藏书——八开本硬面装的国际影星画册，倒是有几张相片看起来眼熟的，可那时真还没看过几部外国片，看过的也多关注情节，从未留意影星的名姓，更别说有关她们的风流逸事。当这些名字从一张普通人的嘴中如数家珍地流出，我隐约觉着这是一种让人着迷的高雅情调。包括这屋子里的巴赫、咖啡所构成的小资气息对我的冲击，无异于当年《少男少女》杂志上的广东话。同事们一个接一个地离去，我却深陷在摇椅里不愿起身。我说，真想一整晚地躺下去。说完，就跳起身来，满面羞红地跑出门去。我用演讲比赛的第一笔奖金，购买了一个竹制书架和一台录音机。将校园里积存的那一纸箱书排列其上，又在书前空位上再排上一排磁带，只是我的磁带里没有巴赫、莫扎特，都是一些流行歌手的专辑，比如孟庭苇、陈慧娴。这是我人生第一间略成雏形的书房。以后很长一段时间，书不见增多，磁带倒是迅速将书架的空隙占满。

全身心沦陷于书海，开始于九年前，书因此成为我生命中专制的爱人，左右着我人生的选择。个中的原因可以用叶灵凤《书痴》文中的一段话来概括："所谓的爱书家和藏书家，必定是一个在广阔的人生道路上尝遍了哀乐，而后才走入这种狭隘的嗜好以求慰藉的人。"大约有六七年的时间，每天坚持读八个多小时、一百页以上，每年读一两百本书。购书量更是惊人，平均每年都要购上一两千册，我的藏书大多是那几年里积聚的。我的阅读品味也逐步攀升，从最初的文学作品，读到后来专攻艰深的哲学、宗教大部头，读得我青丝脱落，华发早生，皱纹深镌额头。

人做事的发心决定其收获的成效。有时，明明是件益事，发心不良，必也深受其害。我最初躲进书里，很大的原因不是为求知识的乐趣，而是用知识来武装受挫的尊严，对抗身外的不公。书籍并未平衡内心的焦虑，反而成为我必须倚赖着才能直立行走的拐杖。一旦琐事缠身，无暇读书，那还不仅仅是"面目可憎，语言无味"，简直就是生不如死，无颜立足人世。王鼎钧说："书，大半是不得志的人写出来的。失意者著书动机可分为两种，一种是下毒，他认为社会对他不公，要用他的著作来报复；还有一种是撒种，用一种方法把生活中最宝贵的部分传给别人。"阅读，亦是如此。当一个人的自我价值与社会的主流价值重合时，阅读，多只求得表面的知识。而一旦有一天他为之奋斗的主流价值利用，欺骗了他，他便开始怀疑、审视主流价值，并挣扎着试图从中剥离，重塑自我。这时，他就连通了与圣哲们精神交流的心灵通道。倘若他急切地只想从中找几块砖报复社会，找着一块抛出一块，于其本身，毫无强身健体之功效，而于社会，亦如鸡蛋撞墙。阅读，应该是拣取前人炼制的智慧之砖，建造自己孤独的城。

去年，我搬了新房。新房的装修是我自己设计的。我在设计新房，也在规划着未来的生活，或者说，我在建造自己的城。新房里几乎所有的墙都做成了书柜，总共有八面书墙，以为能容纳下所有的藏书。搬家时整整搬了一百三十二箱书，每箱大约七八十本。整理入柜后发现，仍有一千多册无处安身，只好将两长排深度三十五公分以上的书柜内外两层堆放。见许多学者的书房都是兼客厅、餐厅、卧房之用，何满子先生索性将自己六项功能合一的书房戏称为"六一居"，而我家的书房则散落在每一个房间，每一个角落，连玄关，酒柜都以书作装饰。无论走到何处，触目所及都是书。除书之外，屋子里最多的就属花草绿植。终日在草木之香的熏陶中，渐渐地，也就褪尽了心中的乖戾之气，成了一个散淡闲人。与世俗的紧张对立得到松懈缓和之后，似乎书也读得不那么起劲。虽不似先前疯狂采购，但总有零星购入，读的也就是零星中之零星，动笔思考就更谈不上了。我的花园书房，看起来像天堂的样子，可其实只是搭建了一座城的花架子。

流沙河先生在为《我的书房》一书作序时写道，"谁说非要有个书房不可，我就不信。没有书房，书还得读。"可有了书房，有了一间很大很美，充满着布尔乔亚高档情味的书房，却不读书，还能叫书房吗？

建造一座坚实独立的城，还需年复一年、日复一日地埋头垒砖。

梨花楼

杨 栋

梨花楼是我的书房。我自幼喜欢读书，长大之后又迷藏书。一九九三年，我用平生省吃俭用以及写书、投稿积累下的资金修建了一座藏书楼，名曰："梨花村"。著名老作家孙犁为藏书楼欣然题写了"梨花村"三字匾额相赠。藏书楼位于沁源城北村，面积两百六十多平方米，为当地民居特色的二层小楼。楼内有梨花村文学馆、梨花村漫画馆、梨花村奇石馆、梨花村油灯馆、梨花村剪纸馆。

藏书楼是我没有围墙的大学。藏书楼共收藏有中外古今各种典籍书刊一万余册，其中作家签名本、毛边本二百多种，名人字画、信札、题词等近千件。

这些年，我读了许多书。因有了书的营养，写得也多了，每年在全国发表散文一百多篇、漫画一百多幅，在许多报刊上还开辟了专栏，获得了山西青年散文大赛一等奖、山西"读书状元"

奖、山西"优秀总编"奖、山西省十大藏书家、山西省优秀文联工作者、中国骄傲——全国优秀文艺工作者奖项。一九八五年因仰慕孙犁先生的人品文品，我第一次去天津拜访了这位文学名家。先生送了我几本签名本。之后十多年的交往，亲聆先生教诲多次，前后获赠《老荒集》《耕堂序跋》《耕堂读书记》等八种签名本。这对于一位在当时还毫无建树的业余作者来说，无疑是最高的奖赏和热情的鼓励。

随着阅读视野的开拓，我前后与柯灵、黄裳、钟叔河、张中行、邓云乡、姜德明等名家建立了通讯关系，从中获益匪浅，不但获得这些名人一批批的签名本，更重要的是得到了走进读书之宫的金钥匙，看到了这座宫殿的宏伟和壮丽。因此，更迷上了读书，迷上收藏名家的书。有一次收藏的《沈从文文集》不齐，就大胆给沈先生去信求助，沈老当时正在病中，便让夫人张兆和回信，并委托花城出版社责任编辑帮忙，将这套文集配齐了。

此外，在山西省举办的"走向未来"读书大赛中，荣幸地被评为"读书状元"，这使我深感到"书籍永远是人类的朋友，永远是人类文明的动力"。

我写的作品大多来自乡土梨花村，写的系列散文"山地女儿"得了不少奖，道不尽山地女儿情，写不完山地女儿娇，说不够山地女儿美，诉不完山地女儿苦……金莲儿、小燕儿、粉平儿、美珍儿、月月儿，四四儿、金梅儿、榴花儿……这些来自乡村，散发着泥土芳香的"山地女儿"的故事、书话、读书记、藏书记、读书漫画、读书日记，也是"梨花楼"给我的回报，我在读者中找到了不少知音。

漫步在梨花楼，享受阅读的同时，也有更多的读与思的感悟，与朋友们分享，这也是快乐的事了。

书房私语

张吉响

曾经多少次，我期盼着能拥有一间自己的书房。

我从小喜欢读书，喜欢买书、淘书、藏书，简直到了嗜书如命的地步。长大以后，我无论走到哪里，第一个寻找的目标就是书店。去外地出差，其他东西可以不买，但当地的书店不能不逛，自己喜欢的书不能不买。对那心仪已久的图书，我期盼、追寻，恨不得一下子抢在手里，无论走到天南海北，我都要千方百计寻求购得。偶尔碰到了那不期而遇的好书，我甚至会欣喜若狂，手舞足蹈。

我小时候，祖国刚刚解放，出版的图书极少，能够到达农村的书更是少得可怜。我唯一所能见到售书的地方，是在一个乡村供销社里，两节旧柜台，稀稀拉拉地摆放着可怜的几册连环画。周末，每次去姥姥家，路过那里，我总会到那个供销社看一看，瞧一瞧，眼睛直勾勾地。后来升入了高小，我逐渐开始学会了买书。每每买回一本新书，我总会认认真真地包扎上结结实实的书衣。待书衣包扎好后，我轻轻抚摸一下，似乎从中嗅到了缕缕书香，心里美滋滋的，舒服极了。阅读时，我小心翼翼地托拿着书，端端正正地捧在手里，唯恐把书弄得哪儿不舒服。至今我还珍藏着儿时买过的连环画。当时，一册连环画，尽管价值仅仅几分到几毛钱不等，但对于我这个普通农民家庭出身的孩子来说，仍然是一笔不小的开支啊——那可是父母从牙缝里刮下来的财富啊。小小连环画，承载着一个乡村少年的记忆，珍藏着我童年的笑声。

伴随着年龄的增长，我升初中、读师范、当了教师，我买的图书越集越多，从小纸箱到小木箱，从小书柜到大书架。自己的小小房间里，已汇成图书的世界。然而买书的热情依然不减，一月月、一年年，我的书越聚越多，越来越挤，越来越多地侵占着房间有限的地盘。屋子里上上下下，左左右右，凡能见缝插针的地方，都被一本本图书征服了。

一九八四年，我搬进了县城，但依然没有一个小小的家，常常是这里租借半年，那儿暂住数月，先后六次搬家，仍然没有找到属于自己的空间，心里空落落的。购置的很多图书，总是憋屈在一个个简陋的书箱里。我常常望着那一幢幢新起的高楼，嘴里喃喃地说，我的家在哪里？我的书安放在何处？我如同树上的叶子飘来飘去，不知归根何处。

二〇〇五年，在那房产低迷的时候，我终于购置了自己的新家——三室两厅两卫，二楼，爱人给我留出靠东面的一间，做了书房。这间屋子，十多平方米，南面临窗，我安置了一张像模像样的书桌。书桌面上贴墙，我摆上两个小小书架，常用书、工具书、新到书一一码在其上。小书架安置着我经常翻阅的图书，只要伸出手臂，即可取到，方便快捷。书桌一角安置了一台电脑，是我阅读、写作的地方。房子的东侧和西侧，则做了一组群体书架，高高的直抵房顶，连通起来，满架图书，形成了一道五颜六色的书墙，煞是好看。我像一个图书管理员，分门别类把书架分成若干独立单元。我买书藏书很杂，大致分为几类：文学、文化、生活、教育、对联、期刊、报纸。我周密计划着单元的容量，尽量做到每一个类别的书都有属于自己的空间，组成一个书架。我购书很多，只要我感兴趣的，认为有用的，都会在我购买之列。"藏书状元"我是当之无愧的，大概有几千册吧。我的书，不一定都读过，有些书平时只是静静地放在书架上，待有需要时，我会翻一翻，看一看，搜索需要的内容，感受一下书香。

一个人的书房就是一个人的心灵珍藏史。走进我的书房，书香袅袅，环视皆书，码列成墙，参差有致，直抵屋顶，蔚为壮观。坐在荧荧炽灯下，常常叫人浮想翩翩，仿佛跨进了书伴我走过的岁月，游弋在闪闪烁烁、崎岖不平的人生旅途上。书是有生命的，站在书架前，我的目光，触摸着那高高低低的书脊，仿佛在与逝去的古人攀谈，在聆听那未曾谋面的学者的教诲。我喜欢静静地坐在书房里，一切悄然无声，我与自己的灵魂对话，独处而不寂寞，枯坐而不孤单，视听、阅读、写作、发呆、沉思，灵魂淋漓尽致地自由释放，激情无拘无束地飞扬飘洒，思接千载，视通万里，有恨有爱，可哭可笑，不急不躁，无畏无惧，岁月在这里静静地沉淀，忧伤在这里慢慢地消融，回味着生活原汁原味的本质美，悠长、深邃、隽永，享受宁静，感悟岁月。我人生全部的执着、专一和毅力，完完全全地献给了我所钟爱的书香事业。我的灵感、文章，常常源于此时此景！

人生四季，耳顺之年应该是成熟、丰收、硕果累累的金黄季节。今年我整整七十岁，有了大把大把的时间。每天，除去外出锻炼，我依然会稳稳地坐在书房里，读书、看报、思索、写作，过着饱满而充实的日子。

书房，我精神的巢穴，生命的禅床，朝朝暮暮和您生活在一起，"不亦说乎"。

【辑六】 书房他说

金波的书房

安武林

金波家的书房，总有一种郁郁的书香。每一次到这里来，我都像接受了一场精神沐浴一样。清爽，宁静，踏实，幸福。

金波家的书房不大，正好朝着阳光。倚墙而立的书架上，总是摆得满满当当的书。好像书永远那么多，永远没有变化。其实，只有我这样喜欢书的书人，经常来这里的人，才能发现那些书是不断变化着的。

他家的书房，还兼做客厅用。一排沙发，正好靠在书架前。在主沙发的旁边，左右两侧还有两只小沙发，供客人使用。我每一次去，都喜欢坐在左侧的沙发上，一边和金波先生聊天，一边凝视着书架和书架里的书。阳光正好穿过小小的阳台，透过玻璃照射过来，我可以看见窗外的天空。

在他沙发的面前，摆着一个方方正正的茶几。茶几上摆满了书和报纸，而在供客人坐的沙发的旁边，也有一个小小的茶几，摆着高高的书。他家的阳台上，有一扇门，无论你坐着还是站着，都可以瞥见阳台上的景致。那里有书、报纸、花卉、盆景、石头工艺品。每次和他聊天的时候，都会听见响亮的蝈蝈的叫声。金波先生喜欢养蝈蝈，至少是两只以上。蝈蝈的叫声，会让人有恍若置身于乡间田野之上的感觉。城市的浮躁，城市的沉闷，都会被蝈蝈的叫声一扫而空。

每年的冬天，金波先生都喜欢养许多水仙。瓷盆、瓶子，至少五六个盛着水仙的器具，摆放在阳台上，或者阳台外面。我很奇怪，他养的水仙从来都不疯长叶子。几寸高之后，那叶子好像就停止了生长。问他，他告诉我说，每天有阳光的时候，都要把水仙端到阳台外面。晚上，把水倒掉，第二天再加上水。这样，叶子就不疯长了。他喜欢把水仙放在长圆形的玻璃杯里，水仙洁白的根须长长地垂下来，和它上面绿色的叶子形成了鲜明的对照。清新，干净，光洁，既有生命的丰盈之感，还有诗意和童话的色彩。

在阳台小小的墙上，有几个装饰的青铜挂件，有美人鱼、女神的头像等。在阳台上的窗上，摆放着一些花卉。而在屋内，摆着几株盛开的君子兰。金波先生喜欢植物，喜欢蝈蝈。它们不仅盛开和鸣响在他的诗作中，也盛开和鸣响在他的书房里，乃至心里。他的气质，精神的滋养，少不了这些东西。他的恬淡，他的豁达，他的乐观，似乎都是从书香花香和蝈蝈的叫声中汲取了营养。

金波先生是个非常有规律的人，喜欢记录自己的岁月。曾经有几年，他每次都把别人寄来的书登记在本子上。给别人寄书，写信，也记在本子上，幸亏他让我看过这个本子，否则我都不会相信。他也保存了儿时买的文学书，有许多民国的书，都送给我了。还有信函、油印的资料，我都不知道它们是存放在哪里。每一次去看望他，他都能给我一份惊喜。无论是书，还是别的，都极有收藏和研究价值。我不懂书法，很多人都喜欢他写的字，但我说不上来好在哪里。只觉得他的字是瘦长型的，柔和之中带着几许的韧劲儿，好像他高大的个子，好像他飘逸的气质。

在师长里面，我特别喜欢他和曹文轩先生。每一次见他们，我都会带着厚厚的一沓明信片，让他们签名。我说写几个字，金波先生会欣然给我写几个字。金波先生高大的身子弯曲着，伏在茶几上一笔一画认真地写着，宛若一个小学生一样。从前，我还是有几分歉然之感的，后来，我只有温暖和感动了。我觉得他像是浩瀚的大海，我无论索取多少签名，都好像是一滴水一样。这份慈祥、大爱，在别处是很难找到的，很难得到的。

我每次淘到他的书，他都会给我签名，题几句跋，包括他送我的书。这对于喜欢收藏书的我，实在是一份大惊喜。这里有知识，有史料，有他个人的心得体会，有时光的记忆。他是一个具有大智慧的人，常常能知道别人的最爱，他总是把别人最需要的爱送给对方，而且从来不感到厌倦。

他是一个不喜欢张扬的人，尤其是做好事的时候。我给学校捐点书，恨不得全世界人都知道。而他一次一次把书捐给学校和图书馆，从来都不张扬。只有一次被我碰见学校的人来拉书，我才知道他一直在默默地做着善事。我大声疾呼："金老师，别把我喜欢的书捐走了啊！"他开心地大笑："哈哈哈，武林，都给你留着呢，放心吧！"的确，我是放心的，因为他是一个极其细心的人，极其体贴的人。

每一次去拜访他，是去参观他的书房。他书房里每一个微小的变化，都逃不过我的眼睛。每一次去，我都会带走一些东西；每一次离开，我都会把心里的一部分东西留在那里。带走和留下的，还有一份爱和一份敬仰。

在姜德明先生的书房

冯传友

作为读者，既喜欢作家的作品，又能有机会结识作家本人，且得以参观作家的书房，是非常荣幸的事。我之于姜德明先生，即是如此。

我能得见姜德明先生，并得以参观先生的书房，完全得益于参加全国民办读书报刊研讨会。在见到姜先生之前，我已经购读了先生十几部书话集。

二〇〇五年十月，第三届全国民间读书报刊研讨会由号称中国第一馆的北京朝阳区文化馆主办的《芳草地》承办，未曾谋面的主编谭宗远先生发来邀请函。我当即复函表示感谢并会与会。当我得知姜德明先生届时与会的信息后，高兴得不知所措——带哪本书请先生签名呢？带几本呢？像我一样喜欢先生作品的肯定大有人在，不能多带，两本足矣。经过反复斟酌，决定带我买到的第一本姜先生的《书梦录》和邮购的第一本

《余时书话》。

十三日报到后，我到朝阳文化馆门前与各地书友见面。不意听到山东书友阿滢等要到姜德明先生府上拜访，我马上表示想同去，阿滢先生很爽快地答应了。我跑回住处拿上姜先生的两本书，就搭乘阿滢的车一起前往人民日报宿舍。因阿滢来之前已电话联系，我们到时姜先生已在门前迎候我们了，我终于见到了仰慕已久的先生。姜先生把我们一行让进书房，阿滢向先生逐一介绍我们几个。我是第一次见先生，不便多插话，就站在后边听。阿滢提议和姜先生合影留念，之后，众人纷纷递上带来的书请姜先生签名，我是最后一个请先生签名的。我向先生简要地介绍了两部书的得书经过，先生在《书梦录》书名页写的是"传友先生指正 姜德明 ○五年十月 北京"。《余时书话》的书名页为墨绿色，不宜题字，扉页被我的购书记录和编者的题词占满了，先生就翻过书名页，在其背面写下了"读书快乐 传友先生正 姜德明 ○五年十月北京"。姜先生为我题词时，我用带来的相机请阿滢为我和先生拍了几幅照片，回来洗出装框摆在书柜里。这天，因为时间仓促，加之和先生不熟，就没顾上细看先生的书房。但先生的和蔼可亲，给我留下了极美好的印象，特别是我们出门时先生说的"欢迎再来"，让我真的有了再来的念头。

在这以后，我在《芳草地》主编谭宗远、新文学版本收藏家赵国忠二位仁兄的陪同下，多次拜访姜先生，并得到姜先生多次签名惠赠。二〇一三年，我还冒昧地为上海巴金故居的《点滴》杂志整理姜德明作品和编著目录，得到了先生的帮助和肯定。

姜先生的书房大约十几平方米，阳面。东西墙立着几乎到顶的书柜。东墙书柜的底柜和顶柜为封闭式，中间三格为玻璃推拉门，可以直观图书。西墙的书柜底层也是封闭式，比上半部分柜体要宽出约二十厘米，可以摆放图书和招待客人的茶杯。南窗下摆放着一张写字台，是姜先生读书写作的地方。写字台和西墙书柜间，摆放着一把椅子。

进门左手的墙上挂着几幅字画，其中有唐弢先生的一幅："燕市狂歌罢，相将入海王。好书难释手，穷落亦寻常。小诗书赠 姜德明同志两正 唐弢"。唐弢是《晦庵书话》的作者，曾提出写作书话的四点要素，成为习书话这一文体者的圭臬。姜先生作为其之后的书话大家，在书房悬挂唐弢题赠的手书，充分表明其对唐弢的崇敬之情，也表明他二人的友谊非同寻常，对此，姜先生有明确的文字表述。姜先生在《唐弢的书话》一文开首即道："六十年代初，唐弢先生从上海迁京不久，我们就相识了。他住在东四张自忠路旧段祺瑞执政府的大院里。大门前有两头石狮子，进门往左拐的深处，有一片红楼就是。我当时住在东四十条西口，同他只有一街之隔。我去请他写书话的。"我们再对应看唐弢在一九六二年四月为《晦庵书话》写的序中的这一句:"去年起重新执笔(写书话),则是登在《人民日报》的副刊版上。"那就是说,唐弢先生一九六一年刚从上海迁到北京,姜先生和他就"相识了",并约其为《人民日报》写书话。这还不算,我们看姜先生的这段话:"他(指唐弢)有若干则书话不曾发表过,就写在我的藏书上。谈的都是他自己写的书,是我请他题字留念的,有的也许正是他平时不轻易向人吐露的心语。比如,他在《落帆集》(一九四八年十月上海文化生活出版社)的扉页写道——以散文写诗,《落帆集》实为余最初之尝试。有人极喜此书,如方令孺、傅怒庵(雷)诸位;亦有人劝余多写《劳薪辑》一类杂文,勿作此种个人抒情文字。乐山乐水,各异其趣。然唯其有《落帆集》,并有《劳薪辑》,始有唐弢其人。此则惟余自知之矣。唐弢志。一九七八年六月于北京。"此类题词姜先生罗列了好几则。

书柜玻璃推拉门里摆放的几乎都是现当代著名作家和当代著名作家、学者著作,有全集,也有单本,有大陆的,也有港台的。像《徐志摩全集》《闻一多全集》《朱自清全集》《夏衍全集》《叶圣陶集》《唐弢文集》《苏雪林文集》等。这些大多是摆放在内层,有些难窥全豹。姜先生是书话大家,除了自己写书话,自然也有许多书话专著,不仅有上世纪七八十年代出版的书话经典，也有新世纪到来前后出版的新书话，像"华夏书香丛书"系列，"六朝松随笔文库"系列，以及近几年出版的"开卷书坊"系列等。先生是现代文学收藏大家，但这部分图书却基本不在明面摆放。我从韦力先生的文章中知道先生还有一个书房，但从未向先生提出去看看，因为这间书房中的书，就已经够我开眼的了。

在书柜中，我还发现先生收藏了许多戏剧方面的专著，比如：《梨园外史》《谈史说戏》《台下人语》《翁偶虹编剧生涯》等，还有一套《中国京剧史》。看了这些书目，我明白了先生何以能写出那么漂亮的关于戏剧方面的书话。在这里，先生自己在《梨园书事》里谈得最多的与梅兰芳有关的图书却似乎没有见到，估计在另一个书房或者封闭式书柜，那些图书毕竟都出版几十年了，经不起光线的照射和人们的经常翻动了。

一次，我向先生请教写书话的题材，先生略一沉思，之后语重心长地说，你可留意戏曲资料，在这方面下点功夫。可见，先生自己虽然写了许多，但在他的心目中，还是远远不够的。

在先生那部书话名著《余时书话》里，有三篇《签名本的趣味》（之一、之二、之三），值得仔细揣摩、品味和把玩。之前先生也向我们展示过签名本。去年国庆节期间，我与宗远兄、国忠兄、小刚兄共同拜访姜先生，交谈中，先生随手拿出一本萧乾先生的双款签名本让我们欣赏。这是李辉编的、由人民日报出版社出版的《书评面面观》，萧乾的题词是这样的：

德明兄，在这黄色书刊充斥的今天，你居然把我这30年代的毕业论文又重印出来，真是由衷地感激。萧乾 1989.8.19

这应该是姜先生任人民日报出版社社长期间的事。

萧乾为姜先生写的题跋不仅仅限于此。据先生在《萧乾的题跋》一文中说："十几年前，萧乾还住在天坛后门附近的时候，我提了一包他写的书，请他在我的藏本上签名留念。"一大包，不会是三五本吧？在这篇文章中，姜先生举了两个例子，一个是在《创作四试》的题词，多达一百多字；一个是在《英国版画集》的题词，更是多达二百余字。

其实姜德明先生和萧乾的友谊非同一般，这我们从姜先生的文字中可以感受到："一九五六年夏《人民日报》改版，恢复文艺副刊。作家萧乾应胡乔木之邀来做副刊顾问，帮助我们办好副刊。二十世纪三十年代萧乾在天津《大公报》编副刊，很有影响。他接受这个任务后，情绪甚高，文艺部的几位领导林淡秋、华君武、袁水拍、袁鹰也很尊重他，命我跟着他跑。从此，我们结成友谊，并由他的引领，我认识了很多作家，请大家为副刊写稿。"

姜先生不忘引路之恩，在任人民日报出版社领导时出版仍具有现实意义的《书评面面观》，就是顺理成章的了。

说起人民日报出版社，姜先生还曾谈起，在"文革"之前，那时候人民日报出版社还没有正式建社，但也出版过几部自编的书，主要是《人民日报》副刊的文章选编。但那时候出书，特别是选编，编者是不能署名的。先生自己就编过几本，他边说边从身边的书堆里找出两本，拿给我们看，果然没有编者，而这两本恰恰就是姜先生编的。这也是特殊时期的特殊产物，可以作为新书话的资料了。

在姜先生书房聊天，我最得意的还有这样一件事。那天先生兴头正浓，给我们讲起丁聪送他画作的故事，并把这幅《盗牛图》拿出让我们欣赏。我赶紧掏出手机拍照。先生说，他刚把这段写成一篇短文，我听后就冒昧地来了一句："姜先生，您这篇文章我先发吧，我是内刊，发完后您再给其他报刊。"先生抬头看了看我，还没等表态，国忠兄和宗远兄在一旁打帮，姜先生，您就给传友吧！姜先生说，好，就给你。这就是发表在二〇一一年十二月二十五日《包商时报》六版的《丁聪的"盗牛图"》。

葛水平的书房

杨沁洲

女作家葛水平爱书是出了名的，她的书房也是我见过的最美书房。十二月十八日到长治参加赵树理研究会的年会，和她相约去她书房参观，她说："可以，但前天我家停了暖气，我到我妈那里住了。家里很冷的。"我说："有书的地方我不会感觉到冷的。"吃过午饭她开车拉我们去她家。她的小楼在长治市鹿家庄一条小巷子里，她说她喂养着两条流浪狗，她先回去拴好，才让我们进院子。她的小院里放着青石雕的压窗石、石猴、石磨，一个木质花架上缠着古藤，假如是夏天，院子里一定是姹紫嫣红的。

二〇〇三年葛水平开始小说创作。发表了她的成名作《甩鞭》和《地气》。这两部中篇小说甫一面世，就震惊文坛，一时洛阳纸贵，人们争相传阅，以致评论界有"葛水平的出现是当年中国文坛的重要收获"、二〇〇四年全国的中篇小说创作是"葛水平年"之说。之后，她一发而不可收，在以后的五年间，接连推出了《喊山》《天殇》《浮生》《狗狗狗》《夏天故事》《守望》《黑雪球》《连翘》《比风来得早》《纸鸽子》等三十二部中、短篇小说，她的创作得益于她的读书，她曾说："爱与岁月成长，书本告诉了我们生命不仅仅是属于自己，更多时候属于社会。有文字推动，有修为的女性在美艳群里是会发出耀眼光芒，并持久含香。"

走进她书房，一层是小客厅，茶几前放着两个圆圆的石墩，上面放了大红的绣垫，叫人惊艳。背面墙壁上镶嵌着一块大黑板，上面有她用粉笔画的漫画，四个农人赶着两匹大马，那马膀大腰圆，矫健如《八骏图》中皇家的神驹，是"竹披双耳骏，风入四蹄轻"的骏马形象，她题词"做个无名闲人"。黑板下面齐齐摆一溜土黄色粗瓷大酒缸，让人觉得是来到了山寨的聚义厅，古村的小酒坊。

上了二楼就是她的书房了，庞大的书桌上放一个大台灯，连灯罩的图案也是红色和黄色的牡丹图，姚黄魏紫，国色天香。书桌上还有一个长胡子老人的根雕，他手握仙杖，是钟馗还是太白金星？任由想象。身后的古瓷花坛里则放了五棵金黄色的向日葵，如田野上的美丽风景，如凡·高笔下的高贵油画，书桌上还放了两坛插花，是观音竹，绿得如翡翠，闪着幽光。叫人吃惊的是她书房里还放着一架大扇车，是乡村打谷场上常见的那种，如一个庞然大物。博古架上放着竹编、瓷枕、瓷老虎、收集来的皮影戏、布鱼挂件、五彩绣件、石狮子、布老虎，林林总总，使人如进了民俗馆，如走进老山村。这些收藏也丰富了她的写作，使她在创作时如鱼得水，如她写富家小姐的闺床："去年冬天，我在山西沁河岸边寻得一张清中期富家小姐的闺床。精致的木格雕花完好无损，红色的大漆旧了，旧得纯粹就成了一种时尚。床体采用贴金箔、嵌螺钿等工艺技法，共雕有十个戏剧故事情节，有《三娘教子》《龙凤再生缘》《唐伯虎点秋香》《琵琶记》等。每个作品形态生动，惟妙惟肖。描金人物故事更显出古床的华丽美艳。只是床板有些不太稳重，倏忽之间来一声响，那一声响倒叫我想起曾经的男欢女爱。床的三面有花格窗户，也都是描了金的。花格下画了人物故事，细细的婆娑的画面，我一直没有考证出她们都是哪出古典戏剧里的女子。那腰身，那兰花翘指，凤眼细眯着，往悠悠的时间深处去想，那真叫个袅娜。"

这样的文字，正是因她喜欢收藏，有了收藏的经历，才写得这样生动。她的书架上就有《收藏家》杂志，有《明式家具研究》《古玩收藏宝典》《中国古代野史》《晋城文物通览》《山西通史》，甚至还有《近代中国帮会内幕》《近代中国土匪实录》，我想她在小说中写那个女土匪，也许就参考过这些书吧。

　　她在一篇文章中说："我养成了蛰居小屋、懒于外出的习惯，有时候俯伏于书卷和电脑，有时语默双亡，有时候没有天光的明晦转暗，有时几乎忘了时间的无声流过。当我笑对阳光，露出我灿烂的容貌时，我明白了，人类理想生活的最高境界是产生幸福的笑脸，我的笑脸说明：书本已经让我遗弃了寂寞和悲凉的东西。""隔多年，有许多小爱好被我丢了，只有书，坐我怀里。"

　　第三层是小阁楼，也是她的画室，她的画是文人画，也是写意画，我说她的画是国画中的"印象派"，有漫画中的韩羽味，拙中见美，稚中有雅，是她灵心的流露，慧性的再现。她刚在省城办了画展，作家贾平凹评她的画"面目清朗，不俗不陋。另出新意，别有天趣"。她的画案上铺了一幅朴素的蓝印花布，上面有砖砚、有乡村的南瓜形青花瓷器合子，连笔洗也是一只民间收的旧物瓷茶缸，上面烧制了"学习学习再学习"七个字，背后墙壁上挂一个木雕大匾，上书"福禄寿"三个榜书大字，气势磅礴，端庄可爱。前面则放着一个木雕的莲花，岁月在这里镂空成艺之魂、美之色、器之美。她的书房已不是书房，是古寺、是乡野、是老宅、是旧梦；是画禅室、是博物馆、是缘缘堂。

　　她曾说："做女人真好。深蕴于内的柔情，形之于外的美艳，一半为狐，一半为人，不染一星点儿世俗的烦恼。这世界，这广大的凡间，一切的一切因女人活起来了。明白一些道理的时候，知道了女性的美丽不只是形之于外的美艳，容貌不是自己决定的，但是，后天修为可以自己决定。"她是一个美女作家，讲话时常常是柔声细语，娓娓动听，仿佛带有磁性。一位读者曾形容她"齐耳的剪发，静静地出露一张文静的脸，静鱼一般的五官，静游在一潭静水"。她一直在修为着自己，不仅是从外表，更是从心灵和思想。

她说："美丽而有修为的女人永远都将是别人生活中的阳光。弄个书房，庸常的日子里永远都散发着书香。我一直把读书看成攒钱，看着众多的书籍，我越来越孤独，越来越讷于为人处世，我孤僻着自己，我还有别人，中药一样的人生。我把对农业的感恩全部栽种在文字里。我安静地等待生长。对一个孤独的写作者来说，书本是我最近的邻居。穿过喧哗的世界，生存或者生活，无处不在的生之光芒让我知道了什么是爱，如特蕾莎修女的《活着就是爱》中的谈话，一个写作者要表达对世界的看法，得用一生的努力去贴近生活。"

她说："最近在读黑塞的《席特哈尔塔》，写的是印度另一个佛，他原也是一个王子，他说过一句话，我们没有前世，也没有未来，我们只有当下。当下你悟到了什么？做了什么？这最重要。"

她在会上谈到文化时也说："只有文化是有力量的，文化是老大。面对中国消失的乡村文明和传统文化，文化人没有低下头，在城市大马路的尽头，我们找不到自己的乡愁和绿水青山。但文化人也能坚强地活下去，一碗刀削面、一碗河捞面、白菜土豆，于身体有营养，照样很快乐。民国的真理现在也许不是真理了，但文化还是文化。不少官员嘴上都在讲文化，文化是官员们嘴上抹的一点点口红。"

她也在作品中写过——

我欣赏二战期间丘吉尔和一个记者的对话。

记者："莎士比亚与印度哪个更重要？"

丘吉尔："宁可失去五十个印度，也不能失去一个莎士比亚。"

作为国家领导人，他知道：能够征服世界，主宰世界，不是因为战争，而是因为拥有文化的精神力量。

她说："我们看到的每一个佛都很完美，从哪个角度看，都在向你微笑，如果这个世界上人们都像对一个完美的佛一样去景仰他、崇拜他、敬畏他、乞求他，这世界还有什么希望么？太胖的脸上没有梦想，养尊处优的人谁还会有梦想？""你如果不读书，会让你老得很难看，只要你读书，就会长寿和有魅力。我们要多读书，读好书，多走路，走好路。多去看看自然山水和我们的乡村。"

水平的眉目清秀如萧红，而才华又像极了林徽因，她小时演过戏曲，拍过电影，写过诗，现在又拿起了画笔。她对文友们也很重情谊，送过我她写的《裸地》《河水带走两岸》等书。我问她那本写晋东南壁画的书出了没有，她说还在编，并说："出了会送你一本，我记得。"

她在一篇文章中也描写过林徽因："放下杂志时我想起了林徽因。我没见过一张照片上林徽因手腕上有环饰，最多时候是脖子间的那一粒小巧的鸡心长项链，黑裙白衣，她是以书卷味与才女气质行走在民国。从个人化的诗人转型为北京的设计师，当年她拍案大骂吴晗保护北京不力，并勇闯北京市市长彭真的办公室，百试无功下，她痛心疾首地问天：有朝一日，悔之晚矣！尽管有些任性，却恣意得那么可爱。"

水平本人也是这样一个人，她行走于山水间，奔波于太行山，访民间忧乐，写山乡风情，画人间美色，是一个本色的文化人，是一个有担当的作家。她的书房，装满了她对乡村的念想。

书巢记

小 庄

在株洲，才能感受到其地方文化的丰厚。比如湘江边的旧书摊、山塘书屋、株洲市全民阅读协会，等等，这些并不是由一位文化老人担当起来的，而是由奇女子舒凡发起的。她的故事很多，早年在电台做节目，后来做株洲新闻网，一直爱阅读，在二〇一四年主办了第十二届全国民间读书年会，且获得过首届全国"书香之家"的荣誉称号。她每次外出，都是逛书店，淘得的书，大多是打包运回家，照朋友的话说，她是把株洲当书房的。

在成都、上海、长沙、天津等地，我见过她淘书的"疯"劲儿，每每看上的书，都不会轻易放过，那不是豪气，而是对书的深情。在株洲也有几家旧书店，她买回来的书，不只是自己阅读、收藏，还提供给旧书店，成为珍贵的货源，若不是有这一番深情，怕是难以做这些事。

像舒凡这样的人，在今天不多见。但我却没有去她家参观过书房。今年初，再去株洲，得缘去看了舒凡家的书房，那是书房吗？客厅里的一侧放满了书，书架上琳琅满目，不暇细看，就觉得书香满室了。我见过一些把客厅当作书房的，但也还没有如此陈列图书的。

再走进去，门廊里，有一排书架，那里所放的书，是准备要阅读的，我大致看看，历史文化均有，尤其是株洲地方文化的书，占了不少。这似乎有些突兀，却给人温馨的感觉。

在左右两侧各有一个书房，左侧书房里除了两台电脑，一张沙发外，四壁全是书，书也没怎么分类，我注意到书柜里的书摆放了两层，书的种类多，偶然也夹杂着如陈子善、王稼句、薛冰、徐雁等人的签名本，这样随意地放置，不过是取书阅读方便而已。我笑说："这跟我家的书一样乱。""就是太乱了，不好意思让人看。"她家的丁先生说。我当然知道，书房太整洁、整齐，看上去固然视觉效果好，但总觉得没有这样的书房有味道。

我看了半天，却没有发现书房有书斋名。也许是我忽略了吧。

再走进右侧的书房，进门一床，一桌，书桌前是书柜，在床的对面有一张桌子，桌子上已堆满了书。"这是刚买回来的书，还没来得及整理。"她说。书房都是相似的。我这样说。舒凡家的公子丁一达平时就在这里读书、学习，这安静的环境，也是适宜于写诗的。丁一达的阅读量在同龄的学生中是惊人的，初一时就在株洲市的少年讲坛讲了一下古典诗词，这是需具备相应的知识才能做好的讲座。

看了下书房的大致情况，我倒觉得这更像是书巢一些。宋陆游有文曰："吾室之内，或栖于椟，或陈于前，或枕藉于床，俯仰四顾，无非书者。吾饮食起居，疾痛呻吟，悲忧愤叹，未尝不与书俱。宾客不至，妻子不觌，而风雨雷雹之变有不知也。间有意欲起，而乱书围之，如积槁枝，或至不得行，则辄自笑曰：'此非吾所谓巢者邪？'乃引客就观之。客始不能入，既入又不能出。乃亦大笑曰：'信乎其似巢也。'"这是真有几分相像了。

去年下半年，舒凡调动到新媒体，平时的工作就更忙了，但只要有机会外出，也还是逛书店、淘书，不断丰富自己的藏书。在株洲，我不止一次听朋友说："像她这样的人，才是株洲文化的骄傲。每天都精力充沛，忙于工作，还为株洲文化做那么多的事。"可不是，她开创的可以说是株洲的阅读新模式。

从书房读书，到做系列阅读活动，若不是对书的热爱，哪里有那么多的闲情做这个？我坐在书房里，感受到的不只是书香，还有书里流露出来的温馨气息。这一天，我就住在舒凡家的书房里，这才是寻找到书房的在场感。

交道口北头条有座书房

谢其章

　　二十年前一起淘书的朋友，如今仍保持联系的没有几位了，赵国忠是其中一位。对于国忠，我不愿意称"赵国忠先生"，也不大愿意称"国忠兄"，还是习惯叫"小赵"。我们共同的朋友柯卫东，岁数只长国忠三岁，我们却一直称其"老柯"。凡事不能细琢磨，"老柯"哪老啊，刚过五十。也许再过二十年，"老柯"可以继续叫，"小赵"则须改口了。他二位的书房我均多次探访，熟络得很，今天先谈国忠书房。

　　国忠家在交道口北头条，这是条历史悠久的老胡同，胡同东口有牌子，在北京凡有牌子的胡同历史都短不了。北头条没怎么损毁，两边基本上还是四合院，偏偏国忠的家是楼房，楼是五层，他家是一层，一层也不能算平房，所以国忠的书房还是属于单元楼式书房。若是四合院平房式书房，那敢情好，可惜我所进去过的书房，没有一座平房式的。我倒是很想以后能读到一篇四合院书房的文章，一定要当今人物的，带照片的。

国忠书房的好处，在于接地气，书房后面有个小院，前面也是小院，给人以身处四合院之感。

差点忘了，沈从文旧居在北头条，与国忠家斜对门，也许是因为这么点儿邻居之缘，国忠淘到过沈从文签名本。

我一直在想，之所以现在关于书房的话题很时兴，关键的原因是大家的住房较之过去宽裕多了。二十年前的国忠书房，很小很不正式。一进家门是个十平方米的厅，国忠把厅隔成两半，大的一半作为书房，小的一半当过道。我说"不正式"，是说书房里不应该有床铺，可当年他家老少三代，纯粹的书房只是个奢望。一张单人床横在北窗下，床两头是两排顶天立地之书柜，塞得满满的，床底下也塞满了书。"进门就上炕"，在农村是指房间小，用来形容国忠早年的书房也很恰当。这次写国忠书房，我跟他要一张老照片，他说当年就没拍过，所以无法新旧对比"忆苦思甜"。

可不能小瞧这间隔出来的书房，国忠藏书之原始积累之精华，十之七八集聚于此陋室。我和老柯，还有胡桂林兄，曾多次盘桓于此，点检国忠的珍藏。有些好书是我们共同淘书时见过的，更多的是没见过的佳本秘籍。我们几个要论"书运"的话，谁也不如国忠，他往往能付出极小的代价猎取高品质的珍本。

周作人的《药味集》比较难找，他竟于冷摊淘到过两本；林纾《剑腥录》极稀见，他以五十元贱价得之，而且是在我眼皮底下；隆福寺旧书店内室摆过一堆晚清民初之旧画报，我先过了一遍筛子，不料几天后国忠竟于内室翻检出整份之《春明画报》；"俞家故物"是国忠最大的一笔"书运+书福"，所费区区数百元，书运眷顾，神仙也拦不住。姜德明先生对赵国忠说："你真会买书。"

此处先岔开一笔。说起姜德明先生对我们淘书的影响，我和国忠体会最深。现在某些人不以姜先生的书话为然，我总结来总结去，认为这些人压根儿不玩旧书或者不懂淘书之趣味才说出这种外行话。我还有一个更深刻的体会，姜先生是不受"意识形态"束缚，目光四射的藏书家。你看看姜先生的藏书（写入书中的），多么门类齐全，多么珍稀难觅，而这些宝物都是靠微薄之薪水所购，更显难能可贵。那些没有写成书话的宝贝，我们也可以从韦力先生最近采访姜德明书房的文图中一饱眼福。

对于"超财政"买书，国忠一直不赞同。姜德明先生说："赵君不是大款，访书是他的业余爱好，凡有书价高得离谱者，他是避而远之的。"当初我们几个志同道合，我总结一条：收入相差不多，无权无官无仕途，胡兄职位较高，也不过是画院办公室一办事员。后来加了一条，无车。这条最灵验，胡兄有车之后渐行渐远，他的推辞是"对书的感情淡漠了"。

所谓"超财政"也就是"努着劲儿"地够着买，有的书价并非高得离谱，但是超出你的消费能力，此时我的意见是"努着买"，强够着也得买。旧书并非新书，永远在那儿等着你买，旧书的特性即"过了这村就没这店"，当你嫌贵犹豫之时马上就会被别人买走。最近我又总结出一条心得，也算是教训吧：记忆最牢的往往不是已到手的珍本，而是那些犹豫中永远失去的珍本。曾于隆福寺旧书店见到完整一套《新民半月刊》，齐刷刷一百一十八期从头至尾，标价一万两千元。我跟经理说我从未买过一万块钱以上的书，您要给我打个八折，九千六百元我就买，经理说只能打九折一万零八百元。结果我没买。回家想了又想，这套杂志的影子一直挥之不去，决定买！不差这一千两百块！转天再去，架上空空如也，经理告诉我卖掉了，而且买主我还认得。每念此事，都要懊恼好一阵子。国忠这方面比我强，我是患得患失，他患得不患失，"堕甑不顾"，我做不到。

三代同堂变为两代同堂之后，国忠书房发生了天翻地覆之变化。我以前说过我们这一拨人，五十岁之前甭想有间纯粹书房，除非你发了一笔横财。有了一间纯粹的书房，另有半间不纯粹的书房，另外还有一处放书的屋，国忠书房的总面积已达三十平方米，吾远不及也。旧书房的书柜继续服役，另外又购置了六组书柜，舍不得买贵书的国忠却舍得花大钱买名牌书柜，我说我将来也买这款书柜。这款书柜的特色在于它的玻璃门，像窗棂似的装饰，若隐若现的效果，就算图书码放得稍显零乱也被遮掩了，反而更具坐拥书城之慨。

书房的灵魂是书，您看书柜里的一抹旧时月色，那全部来自现今炙手可热的民国旧平装。书柜的夹角，摞放着两米高的民间读书刊物，我对同来的老柯说："小赵这里是民刊集散地啊！"老柯说："小赵有书缘也有人缘。"

介子平的书房

犁 铧

我和子平兄认识几十年了。最初相识还是他编《山西图书发行》报的时候，他常发我写书的文字。有一次，他带我到家里，浏览了他的书房。说是书房，其实只有几个书柜，但书是很有分量的，关于书的书有很多。他家的门前就是山西省新华书店，他买书可谓得天独厚。

那时书店有个"内供部"，是专门供应内部书刊的，要有一定级别的人才能进去。他是省级的记者，带我进去购买了不少好书，他选出一部三十二开的连环画丛书让我看，一套十本，纸张印刷都好，我一下购买了两部。香港版的《金瓶梅》也是在那里买到的。

有一次，他寄来两本图文并茂的书，是他的新著，一本是《褪色的记忆——连环画》，一本是《消失的民艺——年画》，彩色精印，让我惊艳。可见他对连环画是早已钟情的。

后来他写起了杂文，他的文笔老辣，思想激进，博学多识，语言多彩，如他论文人的妙语："片言半简，以书存人，著书垂远，蓄后流长，写作本可为终身职业，他们却芳华岌岌，未闻佳期，英年早逝，地下修文。'人生在世，该当痛快，如不痛快，活到一百岁又有何趣？'此乃古龙名言。先晕车，求而不得，后晕船，舍而不能，所谓文人事业，不过一场孤单。"语言真有些名士董桥之风了。

最近浏览他的博客，发现点击量已近百万，他的粉丝留言说："读先生文章，胜读十年书。"

他还是在买书，太原南宫每周六、日有旧书、古董售卖，介子平也会去逛逛，主要是收集那些自己小时候看过的书。对于那些书荒时代看过的书，他心里总有一种感情，于是见了就收集起来。最近他又赶起潮流，开始在网上买书。他曾在一篇文章中感叹："当下年出书品种近四十万个，藏书不再难。积金于子孙，子孙未必能守；积书遗于子孙，子孙未必能读。启功曾对中行说'读日无多慎买书'。藏书老人故去，儿女将其所藏，趸售予贩，以废品价处理之，有的老人不忍见其状，生前便捐了各类图书馆，而图书馆不拂好意，接受后却犯愁如何上架。"

他住到新房后有了新的书房，他的书柜占了一面墙，书柜是自己雇木匠来家里做的，自己是设计师。他说，设计的时候就安排了放两层书的宽度，但长度没有考虑到。上世纪九十年代的书大多数是三十二开，当时就按那个高度设计每一层，结果近十来年的书都"猛长个"，好多书都是十六开的，这样他放在外排的好多新书只能横着放。

子平兄性格内向，有些像大战风车的那位堂吉诃德骑士。他也不愿多去交际，书就是他的良友、他的情侣，他的书房里清清爽爽纤尘不染，一如他的品性。他的书房就是他的禅房。

书不能改变人生，但能给人一个立场，有了立场，便有了方向，方向引导目标，有了目标，实则已间接改变了人生。子平兄从写年画、连环画转到评军国大事、论政经时局，是有了立场，他的文章是有关家国之文，他的书房想必也从消闲的文房成了激扬的博客了吧。

文川书坊记

朱艳坤

乙未年春日，晋人崔文川得西京学院任芳院长之助，于古长安人杰地灵之神禾塬顶，西京学院图书馆内开设"文川书坊"。

文川书坊的核心是书，室外图书馆是书，犹如一颗包心菜，剥一片叶子，仍旧是一片叶子，剥尽了还是叶子。文川书坊从外围进到核心，无一处不是书。即便见到与书不同的玩意儿，细一寻思，还是与书有关。

文川书坊主人是书痴。世上痴人很多，爱财的痴于钱，爱色的痴于美人，爱醉的痴于酒，爱性命的痴于茶，痴于书的最可怜，痴于纸屑，痴于书蠹腹中物。好在痴于书是世间最惠而不费的痴迷之一。

得一本豪华装潢的书固然可喜，得一本破旧的二手书却也不妨碍阅读的乐趣，文川书坊比较幸运，有面子的豪华书有，有趣的旧书也不缺。近代的书痴叶德辉曾有名言，"书与老婆不借人"。此君性情古怪，这信条定得很不近人情，老婆自然关乎伦理道德，书却是读不坏的，如肯出借，还会平添许多知己。文川书坊念及此，所以愿意以书换知己。

文川书坊主人不仅爱书，还攒了一堆藏书票。藏书票是一种小型版画，很多大艺术家也参与设计，印来贴在书的扉页上，一来彰显主人的品位，二来也说明藏书的归属。后来藏书票爱好者的队伍日渐壮大，收藏藏书票也成了一门学问，仿佛孩子长大了自立门户，比原来的父母更加有出息，藏藏书票的读书人总比没听过藏书票的读书人更加牛气。文川书坊的藏书票在国内都算大的收藏，只是藏书票爱好者星散各处，交流不易，索性拿出来培养一批新好，独乐乐不如众乐乐，所以也欢迎诸君过来一起看。

文川书坊好旧笺纸，总觉时光沉淀于兹，不假人力，自有天成之美。所以费了心机去追，虽然不免夸父逐日的遗憾，但想到夸父途中随手抛却的手杖都能造就一片桃花林，印一些笺纸，即使不能成就自己的心头爱，至少也能鼓励年轻人多写几个字。

文川书坊主人眼睛不好，但并不妨碍他养成欣赏电影的好品味。平日里为买书节衣缩食，书挑得极精到，半点瑕疵容不得，但买电影碟片，却颇宽容。许多好片子在国内无法公映，能看到已属难能，不好挑拣质量。看碟的眼光真金火炼。

　　在文川书坊，与主人一起看电影，看毕长谈，也是乐事一件。

　　文川书坊主人爱酒，但量浅，爱茶，但不挑茶。在他看来，茶酒的妙处在于佐谈，所以归根结底，他爱的是聊天。文川书坊是一个喝茶聊天的地方，一杯在手，万事可谈。文川书坊的茶很杂，苏杭湖广、川南滇北，一有新茶下来，书坊透着茶香的邮包就不断了。然而茶虽杂，却杂不过书坊的话题，天南海北，鸟兽虫鱼，无一物不可入话。所以到了书坊，不必再问你能学到什么，且放开了，仔细谈些什么。昔年拈花微笑的故事，这里未尝不可以重现。

　　总之，文川书坊还算是个有趣的地方，课余闲暇您不妨来坐坐。

成都的藏书楼，除了贲园，还有止一堂

朱晓剑

　　成都称得上藏书家的人，很多。随便举出来一个名字，藏书几千上万册，乃至数万册的，几百人也是有的吧。比如学者龚明德、出版人吴鸿、学者冉云飞、作家蒋蓝、诗人席永君等人，藏书都蛮多。有意思的是，成都的藏书家大都不是土生土长的成都人。但说起藏书楼，却没有长沙彭国梁先生的近楼、沁源杨栋的梨花楼那般规模的。然则，傅崇矩在《成都通览》里记录了近百年成都唯一的藏书楼——贲园，又称为贲园书库，不亚于宁波的天一阁。而近数十年，能称为藏书家的还有止一堂主人徐晓亮。

　　我曾在一篇文章中写到过徐晓亮：成都是有藏书家的，可能举出的例子很多，但若说年轻一代，比如七〇后，那真是少数派。徐晓亮即是其中的佼佼者。他藏书具体有多少册，不得而知，即每年十万元的购书量，在成都也是豪举。他不仅藏，而且读，也非泛读，而是精读。跟他聊天，你有可能觉得他比时下的许多文化人都有范儿。朋友们常常说，要是晓亮写作的话，恐怕会让一些作家饿死吧。

晓亮爱书，那是骨子里的爱。平时下班就回家，难得出去应酬，在家也就是看看书，这样简单生活，对大多数人来说，朴素得有点过吧。毕竟还是有不同的人来往，晓亮更多的是三五好友聚会，聊聊书谈谈艺术，经常聚会的有吴鸿、王家葵、云巢、贺宏亮、龚仁军等人，范围虽小，但在学问之道上可互相启发，这样的雅集更让人感受到文化之味。

二月二十五日，晓亮约着聚会，这也还是因为书。去年，锺芳玲在成都言几又书店做活动，特请她给晓亮签了几种新书旧著，就顺便带了过来。那天见到的还有龚仁军、侯庚元两位书画家。午饭之后，侯庚元和我就去造访了大石西路的止一堂。

止一堂是晓亮的斋号，也是他的居所。不过，因为居住的关系，止一堂还有其他的书库。在客厅有一张书桌，上面是小山一般的书籍，那是正准备要阅读的书，既有社科书，也有文学书。每次看完一批书，就移上书架，再换一批新书，这才是读书人的理想生活。

喝茶聊天，我顺便在书房里看看，书房上有"止一堂"之斋名，书法俊逸，是书法家云巢所书。所谓止一堂，其意为堂正，正堂；一为最小也为最大，无穷也！

走进去，即看见书柜上已放满了林林总总的书。书柜外面有空隙处，也是放着一沓沓的书，整齐地码在一起，不像一些藏书家那样堆得满坑满谷，杂乱无章，由此亦可见其对书是多么珍惜和爱护了。

这只是晓亮书房的一部分。单看书名，不只有文学书，也还有社科书，不乏名家的签名本，伍立杨、徐则臣、王开林、贾平凹、阿来等学者、作家的书很是不少。晓亮说："以后，这些签名本可以做个名家的签名本展览。"这是好事，如今不少藏书家藏签名本，是藏而不读，晓亮是且藏且读，他对文学的造诣、见解，比好多作家高多了。

在书房内外，少不得诸多名家题词，如沙河老师题写的"晓亮之书"、余秋雨题写的"积书崇贤"、王家葵题写的"诗礼传家"……又有对联若干，如伍立杨题的"每临大事有静气，不信今时无古贤"，徐则臣题的"黄金非宝书为宝，万事皆空善不空"，从不同的角度书写，让止一堂成为成都的文雅之地。

当我们感叹时下读书人越来越少时，发现也许并不是那么回事。成都旧时有贲园书库，这文化却没有断层，今天的止一堂不正是在传承书香吗？

后 记

二○一五年五月的天津读书年会上，张掖取得了第十四届全国民间读书年会的举办权。年会自二○○三年在南京开办以来，已先后在北京、湖北、山东、内蒙古、江西、四川、浙江、上海、湖南等地举办了十三届。历史文化名城张掖，有幸能在二○一六年接待来自五湖四海的读书人，盛事也。

为办好年会，和晓剑聊天的时候，建起了一个QQ群。大家觉得，有必要做一本书，这本书当然和读书有关。这就是《我在书房等你》的缘起。二○一五年八月，我们商量确定了做好这件事的具体办法。八月二十五日，约稿函完成，其中说"年会组织方拟组编《阅读：一百个人的书房》，此书集中展示全国各地书友的书房风景，此书为限量珍藏版，由正规出版社出版"。

后来，专门的微信群也建好了，讨论、组织书稿。客观上，这个微信群成了第十四届全国民间读书年会的预热群。

二〇一五年九月,我去苏州开会,拜访名满天下的王稼句先生。聊天中,谈起了书稿的事,他说这是极好的事。那一回的纪行诗云:

稼句先生殷殷意,读书年会来年期。

酒酣未觉兴致减,问过晓剑问浣溪。

浣溪,是西安著名的读书人吕浩。

关于这本书的出版,还有下面的书信往还,可以见证书友们的热情。

维祥兄:

《阅读:一百个人的书房》的编辑正在进行中,这是十四届民间读书年会举办前的一项有意思的工作。晓剑、文川和我已经做了一些前期工作。

上个月去姑苏,和稼句先生也说了这个事。稼句先生以为这事值得做好,并慨然允诺,为书的出版事宜尽力。按照稼句先生的建议,"书房"中的文字可以选一些先在《藏书报》上刊发,然后结集,这样更好一些。现在,书稿的汇集已经有一些进展,彭国梁、易卫东、崔文川、袁滨、韩三洲、于晓明、胡忠伟、杨栋、姜晓铭等各位书友的稿件已经到位，倘有可能，烦请兄和相关友人接洽一下，玉成此一美意。

读书人之于书房，钟情至深，故虽千写万写而新意不尽。此回集稿，亦心动神驰之又一例也。众人撰述，或有瑕疵，然成岭成峰，未尝不是风景，做众生相观之，可一乐也。

日前李辉来，快谈巴金、贾植芳、胡风，说及故人与《藏书报》。

即颂书安

岳年上

十月十五日

张维祥回复云："兄客气。此事晓剑与我议过。必须成。文章发我，月底起与大家见面。《徐光耀日记》，我稍后寄给贵馆。"

以后的工作自然是催稿了。

此后，又经过一番研究探讨，书名的确定是在微信群里讨论了的。我想还是灵动些好，就采纳了大家的意见：《我在书房等你》。

书稿是先汇集到晓剑处的。之后我统稿一过。接着是相关的几个人轮流看。按照稼句先生的意见，又分了小辑。最后是易卫东兄主动请缨，认真校核后发稼句先生付梓。

朋友们都在关注关心着这本书，关注着张掖年会。

吕浩有《浣溪沙》一阕咏《我在书房等你》，美甚，抄录之：

旧雨别来已数春，相逢纸上见乾坤。文人心事梦中寻。

幸有书房娱小我，何妨今日又逢君。酒茶相对饮几樽。

感谢的话就不多说了。这本书因年会因张掖而出，为书香社会留一印痕，是值得记忆的。

黄岳年

二〇一六年四月三日

图书在版编目（CIP）数据

我在书房等你 / 黄岳年主编. — 苏州：古吴轩出
版社，2016.7（2017.8重印）
ISBN 978-7-5546-0709-1

Ⅰ. ①我… Ⅱ. ①黄… Ⅲ. ①散文集—中国—当代
Ⅳ. ①I267

中国版本图书馆CIP数据核字（2016）第132515号

责 任 编 辑：张　颖
见 习 编 辑：戴　颖
装 帧 设 计：唐　朝　韩桂丽
责 任 校 对：周　娇
责 任 照 排：韩桂丽

书　　　名：**我在书房等你**
主　　　编：黄岳年
出 版 发 行：古吴轩出版社
　　　　　　地址：苏州市十梓街458号　　邮编：215006
　　　　　　Http://www.guwuxuancbs.com　E-mail：gwxcbs@126.com
　　　　　　电话：0512-65233679　　　　传真：0512-65220750
出 版 人：钱经纬
印　　　刷：苏州日报印刷中心
开　　　本：889×1194　1/32
印　　　张：9
版　　　次：2016年7月第1版
印　　　次：2017年8月第2次印刷
书　　　号：ISBN 978-7-5546-0709-1
定　　　价：36.00元